NF文庫
ノンフィクション

アンガウル、ペリリュー戦記

玉砕を生きのびて

星 亮一

潮書房光人社

アンガウル、ペリリュー戦記——目次

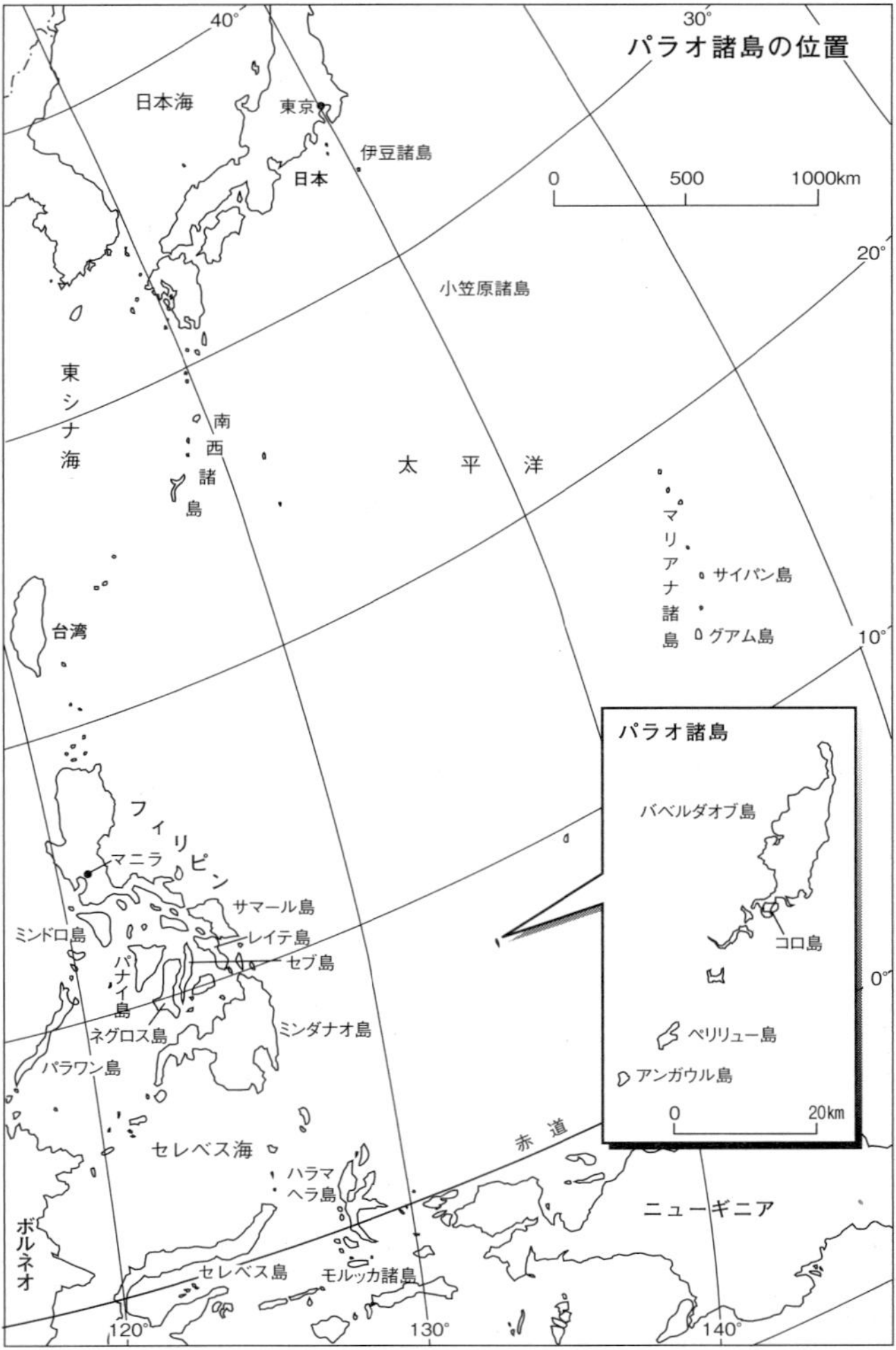
40°
30°
20°
10°
0°
120°
130°
140°
0
500
1000km
日本海
東京
伊豆諸島
日本
小笠原諸島
東シナ海
南西諸島
太平洋
マリアナ諸島
サイパン島
グアム島
台湾
フィリピン
マニラ
サマール島
ミンドロ島
レイテ島
セブ島
パナイ島
ネグロス島
ミンダナオ島
パラワン島
セレベス海
ハラマヘラ島
赤道
ニューギニア
ボルネオ
セレベス島
モルッカ諸島
パラオ諸島
バベルダオブ島
コロ島
ペリリュー島
アンガウル島
0
20km
パラオ諸島の位置

アンガウル、ペリリュー戦記

玉砕を生きのびて

プロローグ

亀仙人

硫黄島玉砕《ぎょくさい》の半年前、南太平洋に浮かぶ常夏の国、ミクロネシアのパラオ共和国でも日米両軍の死闘があり、アンガウル、ペリリューの二つの島で一万一千余の日本兵がなすすべもなく戦場の露と消えた。

二つの島でいまでも洞窟には、無数の遺骨が散乱している。

この玉砕の島から奇跡的に生還し、いまパラオで鎮魂の日々を過ごす元日本軍兵士がいる。倉田洋二、平成十八年四月、私が取材した時、八十二歳であった。八十八歳になる現在もお元気である。平成二十七年四月、天皇・皇后両陛下がパラオを訪れた時、テレビに倉田が映っていた。

「私がこの島を離れたら、誰が亡くなった戦友を弔うのですか」

あの時、倉田は厳しい表情で語った。

倉田の日々は、太平洋戦争と正面から向き合い、それを後世に伝えることだった。

現代の日本人にとって太平洋戦争とはなんだったのだろうか。

毎年八月になると、政府主催の全国戦没者追悼式が行なわれる。この戦争で戦死した兵士は約二百四十万人、遺骨が戻ってきたのは、百二十四万体に過ぎない。百十六万人以上が戦場に見捨てられたままなのだ。しかも戦死者の七割は餓死だった。

日本国はこれらの人々を放置したまま戦後六十年が過ぎている。

パラオでの倉田のあだ名は「亀仙人《かめせんにん》」である。

八十歳をとうに過ぎたというのに、ジャングルのなかでも、岩場でもどこでもスタスタと歩き、洞窟にももぐる。食べ物に好き嫌いはない。

亀のように元気で長生きしている人だと、パラオでは有名である。

自宅にワニを飼い、庭はちょっとした動物園と植物園である。

ジャングルに入ると、

「これ食べられる草だよ」

とパクパク食べてしまう。

「やっぱり仙人だァ」

と初めての人はびっくりする。家族は娘さんと中学生の孫、孫の日常会話は英語、別の島で暮らしている。

「大学はハワイに行くことになるかな」

というから、大人になったら南太平洋に生きるニュータイプの日本人になるだろう。

孫の話になると、倉田の顔は自然とほころぶ。しかし話題が戦争になると表情は厳しくなる。

倉田が体験した太平洋戦争は筆舌《ひつぜつ》に尽くせない残酷無比《ざんこくむひ》なものだった。

私は倉田洋二を取材して、太平洋戦争はいかに無謀なものであり、その後日本国は正面からこの戦争と向き合うことをせず、時間だけがむなしく過ぎていったことを痛感した。

ホールドアップ

二つの島の戦いは、硫黄島と並ぶ壮絶極まりない玉砕戦だった。アンガウル島で戦った倉田は千二百人の守備隊中、生き残ったわずか数人の中の一人だった。

米軍は昭和十九年(一九四四)九月十七日、アンガウル島に、連日、空爆と艦砲射撃を加えたあと、水陸両用戦車数十台で、島の東港と東北港に上陸作戦を敢行した。

米陸軍第八十一歩兵師団の精鋭二万二千である。

日本軍守備隊の二十倍の戦力だった。空爆と艦砲射撃で海岸陣地は、数メートル間隔で深くえぐられ、友軍の兵が半身、血まみれになってころがった。

アンガウルはパラオ諸島の最南端にあるペリリュー島の南西十二キロに位置する南北四キロ、東西は三キロの小島である。

倉田はこのとき二十歳、コロール島にあった南洋庁の水産試験所で働いていて現地召集された東京出身の若者だった。

倉田は最前線で勇敢に戦った。

敵の戦車に狙いすましてドカンと速射砲を撃ち込み、何台かの戦車をやっつけたが、砲弾はたったの七十発しかない。たちまち撃ち尽くし、あとは手榴弾と小銃で戦った。

敵は戦車砲や迫撃砲でガンガン撃ってくる。

砲弾を食らうと四、五人が一度に吹き飛ばされた。日本軍は敗退し、山岳部の洞窟に逃げ込んで戦いを続けた。

開戦初日の夜、三百五十人ほどが夜襲攻撃に出かけて玉砕した。戦争は殺し合いだ。ばたばた無残に殺されていった。

残る五百人が洞窟にこもり、夜間の斬り込み作戦を敢行し、日々、百人単位で死傷していった。この戦闘で倉田は迫撃砲弾で吹き飛ばされ、左半身を負傷して動けなくなっていた。

十月十九日、残っていた百人余が最後の反撃に出た。

倉田には自決用の手榴弾が渡された。

洞窟に手榴弾の破裂音が響き、重傷者は次々と自決していった。

これで、おしまいだと倉田は覚悟した。

洞窟に残されたのは倉田のほかに木下兵長、高木上等兵、中山二等兵らごくわずかだった。薬も包帯もない。海水で傷口を洗い、米兵が捨てた封筒のなかの便箋を傷口に当てた。

洞窟陣地はどこもかしこも自決した戦友の白骨が散乱していた。

倉田は残された人々と洞窟に隠れ、日本軍の反撃を待った。

まもなく米軍はわずかの守備隊を残して引き揚げ、玉砕してから早くも三ヵ月が過ぎた。

米兵は夜になると野外映画を楽しんでいる。歓声も聞こえてくる。

倉田らはその隙に集荷場に忍び込み、食糧を奪った。しかし、いつかは見つかる。

そこで泳いで島からの脱出をはかったが、泳げない者もいて失敗した。

数日たって米軍の食糧を奪うために倉田ら三人はキャンプに潜入した。一張り、二張りとテントをのぞき、三張り目のテントに入ったときだった。

米兵がひとりベッドに寝ていた。お互いに目が合った。ぎょっと驚いた。

「ホールドアップ」米兵は枕元のカービン銃をとり、倉田に銃口を突き付けた。

倉田は武器を保持していなかった。もうどうにもならない。

殺されると思った。米兵が何かを鋭く叫び、どやどやと兵隊が集まってきた。倉田は逮捕され、尋問が終わると船に乗せられ隣のペリリュー島の捕虜収容所に送られた。

ペリリュー島は山も畑も村も空爆と砲撃でなくなっていた。あちこちに日本軍の戦車や飛行機の残骸があった。米軍の上陸用船艇が無残な形で放置されていた。

洞窟のなかには小銃や機銃、飯盒《はんごう》などが散乱し、どこも白骨だらけだった。火炎放射器で焼かれ、洞窟は真っ黒になっていた。

ここでは日本軍兵士一万人が死んだと聞いて倉田は呆然とした。

物量があまりにも違っていた、こちらが一発撃つと、千発返ってくるような戦争だった。

倉田はそれから軍用船でヤップのウルシー環礁に立ちより、グアムに上陸した。

夜、Ｂ29が何十機となく東京に飛び立った。

東京空襲である。胸が痛んだ。やがてハワイに送られ、ハワイから米本土に渡り、サンフランシスコの監獄に一時、収容され、サクラメントの郊外からロッキー山脈を越え、ソルトレイク、ウィスコンシン、アイオワ、クラリンダと収容所を転々とし、終戦後、日本に送還された。

倉田のほかにもう一人、九州で暮らす元日本軍兵士土田喜代一《つちだきよかず》にも登場してもらった。

土田はペリリュー島で戦い、戦後二年間も洞窟にこもって戦闘を続けた。ともに太平洋戦争の貴重な証言者である。

太平洋戦争とはなんだったのか。

それを考えたい。

第1章　パラオ共和国

紺碧の楽園

パラオ共和国は日本から南に約三千キロ、グアムからは南西に千三百キロの大小三百余の緑の島々である。

紺碧の楽園とうたわれ、日本の統治以前はドイツの植民地だった。

第一次世界大戦では日英同盟の関係で、日本はドイツに宣戦布告し、中国の青島《チンタオ》の軍事基地を包囲して占領した。戦後、日本はパラオ諸島の統治を国際連盟から委任された。

昭和十六年の暮れ、日米戦争が始まった。開戦当初、日本海軍の機動部隊はハワイを奇襲攻撃し、劇的な勝利を得た。

「勝った、勝った」

パラオの在留邦人も大喜びだった。しかし真珠湾の勝利もまさに一瞬の出来事に過ぎずミッドウェー海戦の惨敗《さんぱい》、ガダルカナルの死闘、サイパン島玉砕という経過をたどって、パラオ諸島も戦争に巻き込まれていった。

元日本陸軍二等兵、倉田洋二の存在を知って、私がパラオに出かけたのは、平成十八年の四月下旬であった。

成田を午前十時三十分に発った飛行機は、午後三時にグアムに着いた。直行便がまだなく、不便な時期だった。パラオ本島行きのコンチネンタル・ミクロネシア航空の飛行機がグアム国際空港を飛び立ったのは、午後六時五十分である。

グアムと日本では約一時間の時差がある。しかし、パラオに行くと時差はなくなってしまうので、時計の針は修正しなかった。

パラオ空港はパラオ本島（バベルダオブ島）にあった。ここでバスに乗り、KBブリッジを渡って首都があるコロール島に入ったのは、夜の八時だった。

ちなみにKはコロール、Bはバベルダオブ本島の意味で、日本が建設した橋である。

成田から九時間半ほどかかったことになる。

ホテルにチェックインして、夕食をとるために夜の街に出た。

共和国の首都とはいえ、ところどころ街並が切れ、さびれた感じだった。

日本でいえば、地方の町である。

人口は一万数千人、推して知るべしだった。

街にはあちこちに日本語の看板があり、走っている車は大半、いやほとんど全部が日本車である。トヨタ、日産、ホンダ、三菱、マツダ……とすべての日本車がそろっていた。

ここは経済的には日本の強い影響下にあった。

レストランは、日本語が通じた。

パラオに暮らす元陸軍二等兵・倉田洋二

翌日、ホテルのレストランで、倉田元二等兵に会った。

倉田は笑顔の柔和な人だった。

年齢よりはるかに若く、どう見ても七十代の半ばに見えた。ときおり海にも潜るという。赤銅色の顔が、それを物語っていた。

「いつも島々を歩くので、足腰が強くないともちません。体力がないと海にも潜れません。海底に戦争で沈んだ船が横たわってますから」

倉田はごく当たり前のように語った。

こともなげに海に潜るという倉田に、私は「かなわないな」と思った。

このとき、八十歳だった。

玉砕戦で奇跡的に生き残った倉田は戦後、東京都の職員となり、小笠原で海洋資源の調査研究にあたったが、パラオの戦争は一時も忘れられなかった。

平成八年から、ここに移住し、戦没者の慰霊や自然保護の仕事を続けてきた。

その後、娘と孫も移住し、三人家族になった。

「一人でいるときは寂しい思いもあったが、娘が来てくれて、助かりました」

と倉田はいった。

この二十年、二つの島に何度も出かけ、戦死した日本人将兵のために、くる日もくる日も島の洞窟に潜り、遺骨の収集を続けてきた。

「たった一人の追悼式」

と新聞に出たこともある。

冒険ダン吉

倉田洋二は大正十五年（一九二六）一月二日、東京の湯島に生まれた。

両親ともに教師で父は東京府の視学官、母は本郷の小学校の教師だった。

母が病弱だったので、七歳まで母の兄である栃木県那須の医師の家に預けられ、那須の山野で過ごした。

母の兄は那須の農民のために病院を開いた〝赤ひげ〟の医者で、伯母は那須小学校の教員をしていた。オルガンを弾くしゃれた教師だった。

倉田少年は医者の「おぼっちゃま」と一目おかれ、山野での虫とりや川での魚とりに興じた。

この経験が戦場で大いに役立つた。

東京の湯島小学校を卒業して、私立京華中学校に入学した。兄は早稲田大学、弟は秋田鉱山専門学校（現秋田大学資源工学部）に進学した。

自分はどうしようかと考えた。

大好きな漫画があった。「冒険ダン吉」である。

「冒険ダン吉」は、戦前、大流行した冒険少年の物語である。

昭和八年六月号から昭和十四年七月号まで大日本雄弁会講談社の『少年倶楽部』に連載された島田啓三の漫画である。倉田少年も夢中で読んだ。

物語は少年ダン吉が、ねずみのカリ公と小舟に乗って釣りをしているうちに、首狩り族が住む南洋の小島に漂着、頓知《とんち》と工夫で島の人々の信頼を得て、王様になる冒険漫画である。

当時の少年は二つに分かれていた。

「冒険ダン吉」派と「のらくろ上等兵」派である。

「のらくろ上等兵」が好きな少年は、戦争ごっこに明け暮れた。

倉田少年は断然「冒険ダン吉」であった。

当時、パラオには南洋庁の水産講習所があった。

「これだ」と倉田は思った。

昭和十六年（一九四一）、倉田は京華中学校を中退して南洋に渡った。めでたく南洋庁の水産講習所に入所でき、水産学や海産生物学、増殖学などを学び、ここを卒業して十八歳のとき、南洋庁水産試験場養殖部の技術助手に採用された。

まさか戦争が勃発《ぼっぱつ》するとは夢にも思わず、ひたすら魚の研究に没頭した。

倉田の研究テーマはパラオを中心とした貝類、海綿、タイマイなどの養殖試験・研究だった。水産試験場の白鴎丸に乗って試験地に出かけ、夜はパラオの島民と友好を深める日々だった。

向学心に燃えた青年だった。

日本学術会議の熱帯生物研究所に駐在する多くの海洋生物学者の指導を受け、特に加藤源治研究員からは、熱帯淡水魚の養殖や温帯淡水魚を熱帯に適応させる方法などを教わった。

南洋諸島

「パラオは広大な水域です。日本人は農耕民族でもありますが、半分は海洋民族なのです。もっと海に出るべきです」

倉田はいった。

ここには多くの日本人ダイバーが来ていた。しかしそれは遊びとしてのダイビングであり、海洋資源の保護や育成のためではなかった。

かつて日本ではこの海域を南洋群島と呼び、コロール島を南太平洋開発の拠点に位置づけていた。パラオはヤップ諸島とともに、西カロリン諸島とも呼ばれた。

パラオには日本をはじめ各国からダイバーが訪れる

パラオ諸島の歴史をたどると、この島々を世界地図に登場させたのは、ポルトガル人だった。

続いてスペインの探検隊が入り、当時のスペイン国王カルロス二世の名前をとってカロリン諸島と名づけられた。それ以前は漁携を中心とした部族社会だった。

その後、ドイツがこの周辺を買収、ドイツの統治領となった。

それから日本の統治領となったのだが、戦前の日本は、狭い日本列島だけではなく、朝鮮、台湾に植民地を持ち、北方四島、さらには南洋にも領土を持ち、ほかに満州国もあった。かつては随分、広い国だった。パラオ諸島の一番大きい島はバベルダオブ島、通称パラオ本島である。南北三十二キロ、東西十二キロの島で、ほとんどが山地である。飛行場はアイライに一つあった。

隣接してコロール島、アラカベサン島、マラカル島、アンガウル島の四つの島があった。

大正十一年（一九二二）、日本政府はコロール島に南洋庁を設置し、多くの日本人が移住し、本格的に開発が始まった。南洋庁長官は内閣総理大臣の任命だった。

当時の行政区画は、次のようなものだった。

本庁　コロール島
東部支庁　トラック諸島夏島（東カロリン諸島及びマーシャル諸島管轄）
ポナペ出張所　ポナペ島
ヤルート出張所　ヤルート島
西部支庁　コロール島（西カロリン諸島管轄）
ヤップ出張所　ヤップ島
北部支庁　サイパン島（マリアナ諸島管轄）
テニアン出張所　テニアン島
ロタ出張所　ロタ島

南洋庁の管轄は広い範囲にまたがっており、トラック島もサイパンもテニアンもここの行政区に入っていた。

その領海面積はアメリカ大陸に匹敵し、島々は千五百余を数えた。

それでいて人口は三万三千九百人、うち二万五千人が日本人移住者だった。

日本人が最も多く住んでいたのは、コロール島である。

日本人一万二千人、パラオ人はわずかに六百人だった。

パラオの人々はミクロネシア系で、ポリネシアも含めてカナカ族と呼ばれていた。

日本政府はコロール島に、パラオの首都を建設した。

官公庁も整備され、南洋庁をはじめ気象台、郵便局、病院、高等法院、地方法院、熱帯産業研究所、水産試験場、ＮＨＫパラオ放送局、南洋神社などがつくられた。

目抜き通りには日本語の看板が並び、日本の町に変身した。

連合艦隊の基地

海洋の島なので海軍とのつながりが深かった。

昭和十五年十一月に第三根拠地隊がコロール島に設置され、昭和十六年、太平洋戦争の開戦と同時に第四艦隊の管轄下に入った。

その後、昭和十九年に第三十根拠地隊と名称が変わり、海上部隊、陸上部隊、魚雷艇隊、西カロリン航空隊に分かれ、約二千五百人が常駐した。

第三十根拠地隊は次のように分かれていた。

第三十根拠地隊――司令官伊藤賢三少将（のち中将）

海上部隊

　第二十一号掃海艇

　第二十二号掃海艇

　第三十一駆潜隊

　測天

　第六特設輸送隊（大発動艇数隻）

陸上部隊

　第四十五警備隊（パラオ）

　第四十六警備隊（ヤップ）

　第九十防空隊

　第百二十六防空隊

　第三通信隊

　第三十港務部

　第三十建設部

魚雷艇隊魚雷艇四隻
西カロリン航空隊（水上偵察機隊）

という編制で、開戦時はまだ小規模なものだった。

地形的にいうとフィリピンに近いので、やがて陸軍の中継基地になり、比島攻撃に坂口支隊がここを経由してフィリピンに向かった。

その後、南方作戦や東部ニューギニア、ソロモン諸島方面の作戦が展開されるにつれて、パラオは第十七軍や第八方面軍の後方兵站《へいたん》基地となった。

これにあわせて歩兵第二連隊がペリリュー、歩兵第五十九連隊がアンガウル、ほかに陸・海軍部隊がコロール、マラカル、アラカベサン及びパラオ本島に配備された。

パラオは次第に戦時色を強めていった。

軍需景気

陸海軍が増強されるにつれてパラオの中心地であるコロール島は、軍需景気に沸き返った。

開戦当初、日本軍は信じがたい速攻で、南方を攻略していた。

半年余りの間に、香港、ビルマ、タイ、マレー、オランダ領インドシナ、フィリピンなど東南アジアと、グアム、ウェーキ島などを占領した。

破竹の勢いだった。

香港、マレー、ボルネオ、ビルマからイギリス、フィリピンからアメリカ、ジャワ、スマトラ、セレベス、チモール島からオランダを駆逐した。

さらにアメリカ領土のグアム、ウェーキ島、オーストラリアの信託統治領のラバウル、カビエンと東南アジアの全域と太平洋の西半分に進駐し、各国の軍隊を追い払った。

アメリカの植民地、フィリピンもなんなく攻略した。

フィリピンの最高軍事顧問はマッカーサーだった。

「日本がフィリピンを占領しようとすれば、五十万の損害と五十億ドルの戦費を覚悟しなければならない。戦略的にみてフィリピン諸島を占領しても、日本ははなはだ脆弱《ぜいじゃく》な要素をもっているので、占領しても、中間の日本と敵対する中国が存在するので防衛は困難であろう」

と豪語していたが、台湾から飛び立った日本海軍の零戦と陸上攻撃機がフィリピン最大のクラーク・フィールド基地を空爆し、飛行場にあったB17とP40をすべて撃破すると形勢は逆転した。

マッカーサー率いる米比軍も口ほどにもなく、バターン半島とコレフドール島にに逃亡した。

日本軍はあっさりとマニラを占領した。

続いてパターン作戦が行なわれ、日本軍優勢のうちに戦闘が進められ、米軍の総指揮官キング少将は大白旗を掲げ、降伏した。

米比軍捕虜約五万人、一般市民二万ないし三万人で、彼らは三ヵ月ものあいだ山に潜んでいたので、ほとんどがマラリア患者だった。これらの捕虜は炎天下、徒歩で移動させられた。「バターン死の行進」である。

マッカーサー将軍は妻子と幕僚を従えて魚雷艇で、コレヒドール島を脱出した。

陸軍も連戦連勝だった。

海軍はイギリスの戦艦「プリンス・オブ・ウエールズ」と「レパルス」を撃沈した。

かくて日本はニューギニアの一部、ニューブリテン諸島、ソロモン群島など東西四千キロに及ぶ広大な地域を支配した。

インドネシアの石油、ボーキサイト、ニッケル、鉛、マレーのゴム、錫、鉄鉱石、フィリピンの銅、マニラ麻、ビルマやタイの米、なんでも手に入るのだから、笑いが止まらなかった。

マッカーサー将軍

コロール島の日本人町も日々、変貌した。
「当時は誰もが日本は強いと思っていました、それがねえ」
と倉田はいった。
椰子《やし》の葉で屋根をふき、丸太を組み合わせ高床式の住居が大半だったコロールの集落がいつのまにか日本式の町になり、大勢の日本人が移住し、商売を始めた。

風俗営業の店も大繁盛で、鶴之家、南海楼、南栄楼、徳の家、富士屋といった三十数軒の料亭が並び、真っ白い制服の水兵や、カーキ色の制服の陸軍軍人でにぎわいをみせた。

沖縄から農業移民も行われ、甘藷、野菜、果物などを生産し、牛、豚、山羊、鶏、アヒルなどを飼育した。

倉田は海亀や魚や鳥の研究に没頭していた。

亀仙人というあだ名は、ここからきたのかもしれない。

水産も盛んでマラカル島では、カツオ、マグロなど年間七千五百トンの漁獲があった。

しかし太平洋戦争に暗い影が差すのも早かった。

昭和十七年六月五日には連合艦隊がミッドウェー海戦で惨敗《ざんはい》、大きくつまずいた。

第2章　ガダルカナルに出兵

米軍の反攻作戦

パラオに緊迫感が流れたのは、ガダルカナルへの援軍派遣のときだった。

ガダルカナルはソロモン諸島の首都で、当時の人口は約三十七万人、日本からは南へ六千キロの位置にあった。メラネシア系の人々が住んでいた。

日本軍がここを占領することで、アメリカとオーストラリアは完全に分断される。日本軍は早速、ガダルカナルのルンガ岬の周辺に飛行場の建設を始めた。

ミッドウェーで空母四隻を失った日本軍にとって、ガダルカナルの飛行場は大きな意味を持った。

飛行場が完成すれば、ニューヘブライズ諸島やニューカレドニア、さらに豪州、ニュージーランドまでの制空権は日本が獲得することになる。

ここから零戦が飛び立てば、日本軍は天下無敵だつた。

「パラオは中継基地なので、情報が入ってくる。よくもあそこまで占領したものと最初は驚いていたわけです」

倉田の周辺も寄るとさわると戦争の話だった。

飛行場の設営に当たったのは海軍第十一設営隊千二百人と第十三設営隊千三百人、第八十四警備隊百五十人の二千七百人である。

その最中の八月七日午前四時、連合軍の巡洋艦三隻と駆逐艦《くちくかん》四隻が突如、ガダルカナル島ルンが岬近くに現われ、日本軍に一斉砲撃を始めた。

ついで空母の艦載機による波状爆撃があり、四百七十隻の舟艇に乗り込んだターナー少将指揮下の第一海兵師団の海兵連隊、戦車大隊、特殊兵器大隊、さらに水陸両用トラクター大隊で編制された機械科部隊約一万九千人が上陸を開始した。

圧倒的な破壊力に日本軍は敗退した。

これは大きな衝撃となって、パラオにも伝わった。

連合艦隊はラバウルから攻撃機を飛ばし、反撃に出たがラバウルとガダルカナルの距離は一千キロもある。

午前十時には攻撃隊がガダルカナル上空に到着したが、あまりにも遠距離なために燃料がもたない。滞空時間はわずかに十五分、爆撃の効果はゼロに等しかった。

ミッドウェーで戦闘空母を失った連合艦隊の力は半減していた。

ラバウルの第十七軍司令部は急遽グアムから駆逐艦で一木《いちき》支隊九百余人を送り込んだ。

一木は敵兵が二千人と聞いていたので、海岸線からがむしゃらに白兵突撃を試みた。しかし背後を戦車で遮断され、機関銃、自動小銃、迫撃砲、あらゆる兵器で攻撃され、一木大佐は軍旗を焼いて自決、わずか五十人を残して全滅した。

この部隊がいかに場当たりの出兵だったかは、その装備で分かる。

弾薬は各人が持てるだけ、食糧は米五日分だけだった。

大本営の情報収集は、実にいい加減なものだった。

川口支隊出兵

パラオは本格的な戦争に組み込まれた。

最初に動員されたのは歩兵第三十五旅団の川口支隊約五千人である。

出兵の前、パラオの歓楽街はどこも超満員だった。

「世界最強の日本陸軍にかなう相手はいない」

兵士たちは豪語していた。

「どんちゃんさわぎでしたね」

倉田が回想するように、兵士たちはまさか玉砕戦《ぎょくさい》になるとは夢にも思わず、いたって気楽に酒を飲み、遊廓にあがった。

「主力をもって敵背後から攻撃し、敵を潰乱《かいらん》させ、殲滅《せんめつ》する」

川口少将は宣言し、パラオの町を堂々と行進した。

ところが出征した兵士が一向に帰ってこない。その代わり負傷兵が、どんどんパラオに送られてくる。

パラオ女学校の生徒が准看護婦として傷病兵の看護に当たったので、彼女たちの口から悲惨な様子がどんどん漏れてきた。

「まるで様子が違う」

倉田の耳にも苦戦の模様が入るようになった。

負傷兵から聞くガダルカナルの様子は、驚くべき惨敗だった。

一枚の地図もなく、敵の戦法についての予備知識もなく、熱帯の病気に対応する医薬品もなく、ただ精神力だけで突っ込む戦法だった。

敵は二万人近い軍勢である。

鉄条網に囲まれたトーチカにひそみ、周辺に戦車を配置し、突撃してくる兵をなぎ倒し、機関銃で狙い撃ち、そして日本兵はバタバタと殺されていった。

パラオから応援に向かった川口少将の部隊は駆逐艦数隻に分乗し、まっすぐ上陸する方法をとり、岡連隊長の部隊は三十数隻の小型船艇に分乗し、島伝いに向かう隠密作戦をとった。

小型艇は途中、米軍の飛行機に発見され、半分が沈んだ。さらに二度目の空襲で五隻が撃沈され、この作戦は失敗した。

残された兵はわずかに五百。武器、弾薬、食糧を失い、戦う前から敗残の兵だった。

幸い川口少将の兵二千五百は残っている。ジャングルを越えて飛行場に迫った。

しかし武器は手榴弾《しゅりゅうだん》と小銃に軽機関銃だけである。

前進すると重火器と戦車に蹂躙《じゅうりん》され、たちまち半分の兵を失い、ジャングルに撤退した。

またしても完敗だった。

日本軍は、わずかの弾薬と数日分の食糧しか持参できず、攻撃前夜に食糧がなくなっていた。

　これでは負けるはずだ。

昼は島陰に隠れ、夜走る鼠輸送や蟻輸送が行なわれたが、敵の戦闘機にたちまち発見され、機銃掃射を受けて、犠牲者は増えるばかりである。

　川口支隊は九月十二、十三日にジャングルを迂回して突撃に出た。

　米軍はジャングルのなかにマイクを仕掛けて川口支隊の攻撃を察

一木清直大佐

川口清健少将

知し、機関銃や迫撃砲《はくげきほう》で迎撃した。こちらは小銃と手榴弾、軽機関銃だけである。数十門の大砲が火を噴いた。

それでも一隊が飛行場の南東地区に侵入して、手榴弾を投げ、銃剣で敵兵を刺殺し飛行場の南を奪還したが、戦車に包囲されて、キャタピラで轢《ひ》き殺された。

それから三日三晩、ここで戦った部隊もあったが、食糧と水が切れ、弾薬もなくなり玉砕した。こうして千五百人が飛行場で無残に死んだ。

残りの兵は食糧を求めて海岸にたどりついた。そこに艦砲《かんぽう》射撃が加えられた。川口支隊長は戦死し、部隊は四散し、川口支隊も敗れた。

パラオから出撃した兵士の大半が戦死した。

「しかし、この時点ではまだまだ勝てると思っていた」

と倉田は語った。その理由は山本五十六連合艦隊司令長官が太平洋のジブラルタルといわれた風光明媚《めいび》なトラック島に司令部をおき、そこで陣頭指揮を執っていたからだった。

「長官がおられる限り、まだまだ日本は大丈夫だ」

という気風があった。

「海軍は無敵だよ」

パラオの人々は皆、そう信じていた。

実際は違っていた。

パラオに運ばれた怪我人がいうには、驚くなかれ日本には飛行機がなくなっていた。

「少しはあったが、搭乗員の腕が落ちて、満足に飛べない。昼間だけはなんとか飛べるが、夜に入ったらもうだめ、駆逐艦もやる気はなく、話にならんよ」

「あそこが餓《が》島だ。奪回など無理だ」

兵士たちは、ひそひそと喋っていた。

「これからはどうなるんだ」

パラオの人々に不安が広がった。

山本の死

その山本長官が戦死したと聞いたとき、倉田は「ええっ!」と驚いた。

「山本さんは、いわば日本海軍のシンボルですよ。その人が戦死した。これは負けるんじゃないかと思いましたね」

倉田はそのときのことを語った。

山本が前線の士気高揚のためラバウルの飛行場を飛び立ったのは、昭和十八年(一九四三)四月十八日午前六時だった。

一番機に山本が乗り、二番機に連合艦隊の宇垣纏《うがきまとめ》参謀長が乗った。

飛行機は九六式陸上攻撃機、通称中攻である。昭和十二年八月、長崎県の大村基地から台湾の台北や中国の南京へ渡洋爆撃を行なったことで知られる攻撃機である。

護衛の戦闘機は六機だった。

もっと付けるべしという進言もあったが、

「なあに、これで十分だよ」

と山本は断った。

この動きは米軍にキャッチされていた。暗号が筒抜けだった。

山本の視察を知った米軍は山本を倒す絶好の機会として、十八機の攻撃隊を編制し、待ち伏せ攻撃に出た。

連合艦隊には危険だとして山本の飛行の中止を求める声もあった。

「すぐ戻ってくるさ」

山本はそういって機上の人となった。

山本長官機が敵機に遭遇したのは、ブーゲンビル島の西側を高度七、八百メートルに下げ、ジャングルの上を一直線に飛んでいたときである。

二号機の機長が宇垣に紙片を渡し、七時四十五分にバラレに着くと伝えた。

到着まであと十五分である。

そのとき、山本長官が搭乗した一番機が不意に急降下し、五十メートルの高度に下降した。

「なんだろう」

と上空を見ると護衛の戦闘機と敵戦闘機の一群が、空中戦を始めていた。これに気づいて一番機はジャングルすれすれに降りたのだった。

数において三倍の敵機は容赦なく一、二番機に迫ってきた。

「かわせ、かわせ」

宇垣は大声で叫んだ。

二番機の機長は敵機が突っ込まんとするや、急速九十度以上の回避を行なった。一番機も右に大きく旋回し、二番機は左に分かれた。

二回ほど回避のあと、一番機はどうしたかと宇垣が右側を眺めると、何たることだ、一番機は黒煙とともに火を噴いて、ジャングルすれすれに落ちていくではないか。

「長官機を見よ」

と宇垣は叫んだ。しかし機影はすぐに消え、ジャングルのなかから黒煙が天にのぼるのを認めた。

山本五十六大将

「ああ、万事休す」

宇垣は顔をおおった。

二号機の宇垣参謀長は、この模様をすべて目撃していた。

山本がラバウルで白い軍服に身を包み、零戦を見送っている有名な写真がある。このころ、日本海軍の搭乗員はすごく腕が落ち、飛んだら最後、帰ってこられない飛行機もあった。となると、山本は別れの挨拶をしていたのかもしれなかった。

覚悟の自殺

山本の死は自殺かもしれないという噂があった。

当時は「まさか」と思ったが、戦後、山本の身近にいた第一航空艦隊参謀長三和《みわ》義勇《よしたけ》大佐の手記を読んで「やはりそうか」と思った人が多かった。倉田もその一人だった。

山本は手帳に飛行機で戦死した搭乗員を都道府県別に分け、遺族の名前、住所まで書いていた。

「もういっぱいになった。もう書ききれないな」

山本が寂しそうにいう姿を三和は見ていた。

そこには自分も生きて帰ることはないという思いがにじみ出ていた。

三和は山本の言葉のはしばしに、それを感じていた。

三和が熱帯病にかかり入院したのは、山本が戦死する直前だった。

「レントゲンを撮ったのか」

「はい、撮りました。別になんでもありませんでした」

「当分の間、見舞ってはやれぬ」

山本はそういって機上の人となった。

「当分の間とはどういう意味だろう」

三和は疑問に思いながら山本の飛行機を見送った。朝日はギラギラと照りつけ、戦闘機を伴った長官機は爆音を響かせながら、南を指して消えていった。

それが長官を見た最後だった。

覚悟の飛行だったのかと三和は思った。

どう分析しても日本が勝つチャンスは消えた。武人として責任を取り、戦死した部下たちのもとに行く、それが山本の心情だったと見てよかった。

第3章　連合艦隊はどこに消えた

戦艦「武蔵」

山本長官戦死後の連合艦隊司令長官は、古賀峯一《こがみねいち》大将である。

古賀は連合艦隊の司令部を一時期、サイパン島におき、パラオのアラカル港にも軍艦が入港した。

大本営はガダルカナルに第二師団、第三十八師団、第五十一師団も投入し、なにがなんでも奪還せんと、全力投球で臨んだ。海軍も必死に武器・弾薬、食糧を輸送し、十月二十四日には二万余の日本兵が総攻撃に出たが、これも失敗した。

食糧や弾薬を輸送する艦艇が次々に沈められ、補給がままならず、食糧、弾薬は三分の一も届かず、こちらにも重砲はあったが、弾薬がなかった。

ガダルカナルは、たちまち餓島、死の島となり、ガダルカナルも完全に米軍に奪取された。

連合艦隊旗艦・戦艦武蔵（右）と戦艦大和（昭和18年、トラック泊地）

パラオに軍艦が入港すると海軍の水兵がつれだってコロールの町を歩き、倉田の水産試験所も、どこかざわついて落ちつかなかった。

ある日、工作船「明石」の艦長が倉田を訪ねてきた。

「私は貝のマニアだ。パラオの貝を見せてくれ」

といった。

美しい薄紫のクラマド貝とオオシャコ貝の幼貝を所望した。

手土産が虎屋の羊羹《ようかん》だったので、ことわりきれずに、プレゼントした。

この船が米軍の爆撃でまさか沈没するとは思わなかったので、あの貝はどうなったか、あとあとまで気がかりだった。

パラオに飛行場をつくることになり、倉田も動員された。

機械はなにもなく、モッコとスコップでの建設作業である。

そこへ突然、連合艦隊の旗艦「武蔵《むさし》」が現われた。

昭和十九年二月二十五日のことである。

「おおきいなあ」

倉田は見上げるばかりの巨大戦艦に仰天《ぎょうてん》した。

「これは世界一だな、実にたのもしい、これさえあれば日本は勝てる」

パラオの日本人は噂しあった。

戦艦は無用の長物になっていたことを倉田は知らなかった。山本長官が戦死しても武蔵と「大和《やまと》」があれば、まだまだ戦える。パラオの人々は胸をなでおろした。

古賀大将が軍艦を降りて、飛行場建設で働く人々に、

「飛行場が完成したら、日本の飛行機が続々来ます」

といった。戦闘機八百機で、マーシャル群島の敵機動部隊を叩くというのである。

「それはすごい」

と倉田は喜んだ。一時はだめかと思ったが、日本も捨てたものではないと皆で語りあった。

このころは自分が戦場に出て戦うとは夢にも思っていなかった。

水産試験所には海軍航空隊ご用達の商人が、よく出入りしていた。

「山本長官の死は残念だが、連合艦隊には武蔵のほかに大和もある」

と、さほど気にしていない様子だった。

荷物のなかにお菓子や、煙草《たばこ》がいっぱいあった。あるところには、あるものだった。

パラオ空爆

コロール島に残る日本軍の機銃

三月二十七日、「敵機動部隊がニューギニア北方を西進中」の情報が入った。

パラオの空爆が予測されたため、二十九日に古賀長官と福留参謀長をコロール島に残して「武蔵」以下の艦隊は外洋に退避した。

七万トンの巨体が狭い水道を外洋に向かう姿は、堂々たるもので、倉田は「凄いもんだ」と感動して、これを見送った。後で知ったのだがパラオ周辺の海には敵潜水艦が出没していて、「武蔵」は西水道通過と同時に、敵潜水艦の魚雷攻撃を受け、魚雷が一番砲塔の前部に命中し、七人の犠牲者を出した。それで済んだのだからさすが大鑑だった。

「武蔵」はそのまま修復のために呉に向かい、古賀長官と福留参謀長は取り残されてしまった。

三月三十日、米機動部隊の艦載機《かんさいき》がパラオに襲いかかった。

このときマラカル港にはトラック島から避難した工作船「明石《あかし》」や特務鑑「石廊《いろう》」、輸送船など三十四隻が停泊していた。これらの船が標的になった。

米軍機は鮮やかな編隊で、急降下で爆弾を投じた。

「武蔵」以下の艦隊は事前に察知して難を逃れたが、工作船や輸送船はことごとく沈められた。

「明石」や輸送船は、たちまち爆破されて転覆し、海に没した。

倉田が初めて見た戦争の凄さだった。

港には航空燃料が入ったドラム缶があり、それが空高く吹き飛んで、火の雨を降らせた。守備隊が機銃で銃撃し、敵機が被弾して黒煙をあげると、思わず快哉《かいさい》を叫んだ。

倉田はこのとき無我夢中だった。

倉田は水産試験場の船を出して、死にもの狂いで怪我人を救出し、アラカンザス島の海軍病院に運んだ。

「目の前の怪我人を黙って見ていることはできなかった」

と倉田はいった。

後にこの空爆の模様を手記にした石川富松三等機関兵曹は特務鑑「石廊」に乗り組んでい

た。ラバウル、ボルネオ、サイパン、フィリピンなど南洋各地で、補給や輸送に当たっていたが、機雷に触れ船の前方が破損したのでパラオに入り、工作船「明石」の隣で修理中だった。

「石廊」は米軍機の爆撃を機関室に受け、機関兵八十人が即死、石川も意識を失って倒れた。気がつくと辺りは真っ暗で、なにも見えない。

手探りで階段を探し、デッキに出て救命筏を下ろし、縄梯子で筏に乗り移った。七時間ほど海上を漂流し、その間、米軍機の機銃掃射を何度も受けた。

ようやく小島に避難し、焼津のカツオ船に助けられた。

空襲は三月三十、三十一日もあり、コロールの町が完全に焼き尽くされた。

マラタイの陸軍病院では、防空壕を爆弾が直撃、四十人が生き埋めになった。

「パラオはどうなるんだ」

倉田は愕然《がくぜん》として地べたに座り込んだ。

アラカバサルには水上飛行機や潜水艦の基地があり、零式三座水上偵察機が十数機あったが、三月三十日の空爆で全滅した。

古賀長官の面子《めんつ》は丸つぶれだった。

日本がここまで弱くなっていたのかと、倉田は落胆した。島の人々も軍部のいうことは信じなくなった。

古賀長官は福留参謀長ら幕僚と一緒にパラオのコロール島の南洋庁に司令部をおいたが、艦隊も避難し、航空隊が壊滅したので、もうここに司令部をおくことは無意味になった。

空襲の翌日、サイパンから二機の飛行艇が飛来し、夜中に爆音を響かせてパラオを飛び立つた。「あの飛行艇に乗っていたのは、古賀大将だよ」

と倉田は知人から聞いた、

「どこにいったの」

「ダバオに向かったらしい」

「逃げたのかね」

「そういうことになるね」

島の人々は皆、不安になった。パラオは連合艦隊に見捨てられたのだ。

逃亡先のダバオはフィリピンの最南端の島、ミンダナオの街である。マニラに次ぐフィリピン第二の都会である。

この飛行艇、後で聞くと到着の時間になっても二機ともダバオに姿を現わさなかった。低気圧に巻き込まれ、行方不明になった。

すぐ海軍機が出て捜索したが、古賀長官が乗った一番機は破片一つ発見できなかった。これを「海軍乙事件」といった。

山本長官機が撃墜《げきつい》された事件を甲事件と呼び、その関連で、これは乙事件と名づけられた。なんとも無様《ぶざま》な出来事だった。福留参謀長が乗った二番機はセブ島東岸の小さな漁村の沖に不時着した。

所持のスーツケースには暗号表が入っており、これが抗日フィリピンゲリラに奪われ、すぐオーストラリアの連合軍情報部に渡された。とんだ醜態《しゅうたい》だった。

この段階で、欧米列強は早くも勝利宣言をしていた。米英両国は昭和十八年一月にモロッコのカサブランカで、首脳会議を開き、太平洋方面は米軍が担当、対日基本戦略として、次の三つを決めている。

1　日本の東インド諸島の石油輸送路を遮断する。

古賀峯一大将

2　日本の都市に対する航空爆撃を継続する。

3　できれば日本本土に進攻する。

そして具体的には、北太平洋部隊がアリューシャン列島から、中部太平洋部隊は真珠湾から進撃、南太平洋部隊と南西太平洋部隊が協力してラバウルに進撃する作戦がとられた。

日本はサイパン、テニアン、ロタ、グアムのマリアナ諸島、ヤップ、パラオ諸島の西カロリン群島に押し込まれた。

これを死守するため、日本軍は虎の子の関東軍を満州から転属させた。第二十九師団がマリアナ諸島、第十四師団が西カロリン諸島に配備された。大攻勢の始まりであった。

サイパン陥落

パラオから消えた日本の連合艦隊は一体、どこに姿をくらましたのか。

実はブイリピン群島のタウイタウイ島にじっと隠れていた。

下手に動くと空爆されてしまう。動かないことが肝心だった。

敵はもはや怖いものなしである。

スプルーアンス海軍大将率いる空母九隻、戦艦六隻を基幹とする五十八隻の米海軍高速機動部隊が南太平洋を我が物顔に暴れ回っていた。

この機動部隊がサイパン、パラオ、グアム、台湾を襲ってくることは間違いない。昭和十九年六月十五日、日本海軍は、満を持して米高速機動部隊と決戦に出た。

「あ号作戦」である。しかし連合艦隊は挽回できず、トラック基地は九回にわたる延べ五百機の大空襲を受け、航空機二百七十機が破壊された。

もはやマリアナ、パラオ、フィリピン、台湾、そして日本本土への空襲は避けられない雲行きとなった。

「東條はどうなってるんだ。自分に反対するものはすぐに首を切る独裁者だ」

「海軍も嘘ばかりついている。負け戦ばかりだ」

「もうだめだ」

「東條を倒すしかない」

日本各地ではさまざまな声が渦巻いた。

大本営は大混乱を続け、参謀たちは右往左往するだけだった。

そうしたことを倉田は知る由もなかった。

引揚げ船

かくてパラオが戦場になることは、火を見るよりも明らかだった。

在留邦人の引揚げも始まった。

第一便の日本郵船「三池丸」が出港したのは、昭和十九年の四月二十六日である。

一万一千七百トン、北米シアトルに就航するために昭和十六年四月進水したまだ新しい船だった。駆逐艦が護衛するというので、無事、日本には着くだろうと思われた。

この船に何人が乗船したのか、よく分からないが、乗客のなかに倉田の知人、新居さんの家族五人が乗っていた。母、姉、妹、弟二人である。姉礼子さん十九歳が一家の中心だった。

米軍の潜水艦が出没しているというので、本当に大丈夫なのか、一家はビクビクだった。

宿舎の隣には陸軍の上層部の人が住んでいた。

「三池丸なら九十九パーセント大丈夫だ」

とその人がいうので安心して乗り込んだ。持ち物は一人リュックサックひとつ、金は千円だけという規制があった。

父に送られて家族は船に乗り込み、二階の船室に入った。

それからデッキに上がり、荷物の積み込み作業を見ていた。自分たちの荷物の番になった。荷物がロープでつり上げられたと思った瞬間、突然、ロープが切れ、荷物は海に落ちた。

「あッ」

皆が息をのんだ。

「これは神さまの知らせよ、この船は絶対にやられるよ」

と母が青ざめていった。だが、いまさら降りるわけにもいかない。

船は駆逐艦「皐月《さつき》」に守られて港を出た。父親はいつまでも波止場に立って手をふっていた。甲板で救命具のつけ方を教えてもらい、大事なものを枕元において、家族は早目にベッドに入った。疲れていたのかすぐに眠った。

何時だったのか、真夜中に、「ガーン」という異様な金属性の音がして、室内灯が切れた。

「やられた」

と思った。「ギギー」という不気味な音とともに船体が傾いた。

「ああ、やっぱりだわ、どうしましょう」

母が動転した。

ローソクに火をともし、毛糸のチョッキを重ね着し、次に全員で救命胴衣を着けた。下の弟は七歳、ブルブル震えている。十五歳の妹は水泳が得意だった。弟の手を引いて真っ暗いなかを甲板に出た。船はどんどん傾いていく。

船員が大慌てでボートを下ろしている。なかなかボートが降りない。そのときである。

「魚雷だァー」

という悲痛な声がした。夜光虫に照らしだされ魚雷が向かって来た。

「ああッ」

家族は動けなくなり、タラップに座り込んだ。

ドーンという凄い轟音とともに、花火のような火花が舞い、船体が大きく揺れた。下を見るとボートが転覆していた。もうだめだと思った。

爆発音が連続して起こり、大きな火柱が上がり、船に積んであった魚雷を誘爆《ゆうばく》し、天をも焦がす勢いである。

「飛び込め、飛び込めッ」

と船員たちが叫んだ。

「助けてぇ」

という声も聞こえる。もうどうすることもできない。階段がこわれてしまい家族が必死の思いでロープにつかまり下に降りた。

真っ黒い海が迫って見えた。怖くて、怖くてとても飛び込めない。

「早く、早く」

と船員が叫ぶ。もうしり込みしている場合ではない。

「押してくださいッ」

と長女が船員に頼み、家族全員、海に飛び込んだ。いよいよこれで終わりだと思った。

「船から離れろ、離れろッ」

と船員が叫ぶが、大きなうねりがあって、いくら泳いでも前に進まない。振り返ると船はまだすぐ後ろだ。これでは沈没のときに巻き込まれてしまう。妹は下の弟二人を叱咤して必死に泳ぐ。気がつくと兵隊が板切れを結び合わせ、その上に遺骨をのせていた。

「これにつかまれ、これにつかまれ」

と声をかけてくれた。家族全員、板切れにつかまることができた。

荒波ではなかったので、家族がばらばらにならず、固まっていることができた。時間がたつにつれて全身が冷え、眠くなってきた。

「寝たらだめだ。死ぬぞ」

と兵隊にいわれ、睡魔と必死に戦った。

「歌を歌うぞ」と兵士はいい、

「海ゆかば、水づく屍《かばね》、山ゆかば草むす屍」

と大声で歌った。何時間、漂流したのだろうか。水平線が薄明るくなったとき、突然、飛行機の音がした。敵の飛行機ならどうしようと思った。だんだん、飛行機が近づいてきた。見ると日の丸があった。

「あああ、助かった」

と思った。「三池丸」ははるか遠くに浮かんでいた。鉄骨だけの哀れな姿だった。

陸軍に徴用され、昭和十七年一月には蘭印《らんいん》セラム島、さらにはチモール島の上陸作戦に従事した「三池丸」の最後の姿だった。

救命胴衣が水を含んで凄く重く感じられるようになった。もう限界と思われた。喉もヒリヒリ痛んだ。

「ボートだ、ボートだ」

と叫ぶ声がした。見ると一隻のボートが海にただよっている人を救助している。

「助けてといいなさい。女の声だと助けに来てくれる」

と兵隊がいってくれた。妹と二人で必死に叫んだ。母はなかば意識を失っていた。やっとボートに助けあげられたときは、これで助かったのだと涙が出た。

兵隊は、「おれたちは最後だ」といってボートには乗らなかった。母は完全に意識を失っていた。水兵が頬を叩いて意識を戻してくれた。ボートは救助に来てくれた駆逐艦に横づけになり、手をつかんでもらって乗り移った。

「ありがとうございます」

何度も水兵に礼をいった。

「僕たちも嬉しいよ。初めて女性を乗せたんだ」

と水兵が笑顔でいってくれた。

「水を飲みたいだろう。腹はすいてないか」

水兵は親切にしてくれた。夕方、駆逐艦「皐月」はパラオ港の沖に戻った。

ここでボートに乗り移り、港に向かった。駆逐艦を離れるときは、もう涙、涙だった。水兵がデッキに整列して、白い帽子をふってくれた。

岸壁には父親の姿があった。父は船がやられたと連絡が入ったとき、足がすくんで立てなかった。弟たちは父親に抱き付いた。

この日は涙ばかりで、言葉が出なかった。戦争は多くの家族にも犠牲を強いた。

このときも一般邦人八人を含む十八人が犠牲になった。攻撃したのはアメリカの潜水艦「トリガー」で、複数の魚雷を命中させた。

倉田はこの話を聞き、もう島から出ることはできなくなったと覚悟した。

技量はがた落ち

このころ、連合艦隊は起死回生の作戦を練っていた。

小沢治三郎中将率いる第一機動艦隊が編成され、最後の激突をもくろんでいた。

機動艦隊の陣容は「大鳳《たいほう》」「瑞鶴《ずいかく》」「翔鶴《しょうかく》」「隼鷹《じゅんよう》」「飛鷹《ひよう》」「龍鳳《りゅうほう》」「千歳《ちとせ》」「千代田《ちよだ》」「瑞《ずい》鳳《ほう》」の空母九隻、戦艦七隻、重巡十一隻、軽巡三隻、駆逐艦三十二隻、その他あわせて七十三隻で、艦載機も数の上では四百三十九機を数えた。数はまずまずだったが、搭乗員の技量がひどく落ちていた。

搭乗員の練度はハワイ攻撃の時期に比べれば半分以下だった。

満足な着艦ができなかったり、甲板にぶつかって火を噴いたり、海に突っ込んだり、さんざんだった。遠距離を飛ぶとコースの誤差も大きくなり、敵艦にたどり着けるかどうかも怪しかった。

小沢治三郎中将

彗星《すいせい》、天山《てんざん》などの新鋭爆撃機も配備されていたが、金属材料が不足で、欠陥品も多かった。突然、火を噴いて落ちた。

小沢中将はアウトレンジ戦という特異な作戦を練り上げた。

敵の艦載機が届かない三百から四百カイリの遠距離から日本軍の攻撃機を発進させ、敵機動部隊に先制攻撃をかけることだった。

日本の飛行機はアメリカの飛行機に比べ、はるかに航続距離が長い。それを最大限に活用する作戦である。

ところがスプルーアンス大将率いる米第五十八機動部隊は、サイパン島の沖合にレーダー網を敷き、小沢艦隊の動きを監視していた。小沢艦隊はすべて把握されていたのである。お互いの距離は三百カイリ以上、約五百五十キロ離れていた。

六月十九日午前七時半、小沢中将は総勢二百四十六機の大部隊を発艦させた。小沢中将ら機動部隊の幹部はいまや遅しと、突撃の電信を待った。

しかし米軍はレーダーを駆使して日本の攻撃機を待ち伏せしていた。

米機動部隊は朝の十時半、二百キロ先に日本軍の飛行部隊の機影を見つけた。

これを知った空母レキシントンからＦ６Ｆヘルキャット戦闘機四百五十機が発艦した。戦闘機部隊は高度四千二百メートルで日本軍の攻撃機を待った。

日本軍は高度三千五百メートル前後を機動部隊に向かって飛んでいた。まさか上空に敵機がいるなど夢にも思わない。そこを上空から襲われた。

若いパイロットはパニックになり、次々に撃墜されてしまった。

この日、零戦も二百五十キロの爆弾を積んでおり、重くて動きがとれない。

敵の餌食《えじき》になるだけだった。

何機かは敵艦隊の上空に達し、重巡「ミネアポリス」に至近弾を投下し、戦艦「サウス・ダコタ」に爆弾を命中させ、多くを死傷させたが、撃沈はできなかった。

母艦に帰った日本の爆撃機は、わずかに二十七機に過ぎず、あとは行方不明だった。

百二十八機の第二次攻撃隊は途中で、半分がヘルキャット戦闘機に撃墜され、これをすりぬけた一機が旗艦「インディアナ」に激突、二機が空母「バンカーヒル」「ワスプ」に爆弾を投下、火災を発生させたが小破に終わった。

おまけに連合艦隊は戦力に投入したばかりの空母「大鳳」を、敵の潜水艦の魚雷攻撃で失う失態を演じた。

翌日、米軍機が小沢艦隊に殺到、空母「飛鷹」が沈没、「瑞鶴」「隼鷹」「龍鳳」「千代田」が被弾し、小沢部隊に残った飛行機はわずかに五十五機になった。

連合艦隊は壊滅《かいめつ》した。

サイパン陥落

小沢機動部隊を撃破した敵機動艦隊は、パラオの隣のサイパン島を目指した。

日本の太平洋絶対国防圏の中心はサイパンである。

東京から南に二千四百キロ、面積は伊豆大島の二倍、北マリアナ諸島の中心地である。ロタ島、テニアン島が含まれる。

　サイパンは南北に二十キロ、東西は狭いところで四キロという小島だが、周囲は珊瑚礁《さんごしょう》、真っ白い砂浜の海の楽園だつた。

　在留邦人は二万五千人、国策会社の「南洋興発」があり、日本人の学校がいくつもあり、意識としては日本国だった。

　シンボルは在留邦人が「南洋桜」と呼ぶ真っ赤な「花炎樹《かえんじゅ》」である。

「いいところですよ」

　倉田はいった。倉田は一時期、ここにいた。

　サイパンを占領されたら、翌日から東京空襲である。

　東條は「サイパンは難攻不落です」といっていたが、もはや東條のいうことは、誰も信じなくなっていた。

　サイパンの在留邦人は本土への疎開《そかい》を求めたが、もはや船がない。かりに船を見つけても空爆や潜水艦の攻撃にさらされる。動くに動けない状況になっていた。

　日本政府はすべてが後手後手だった。

　加えてここの軍隊は戦闘経験に乏しく、素人集団といわれていた。

　ここには第四十三師団長斎藤義次中将を司令官に、独立混成第四十七旅団など陸軍二万八千人と、海軍が一万五千人いた。数は四万を超えていたが主力の第四十三師団はできたてのホヤホヤだったのだ。

大隊長以上は現役の指揮官だったが、中隊長以下は赤紙で召集された素人である。どの顔も不安げだった。

主力部隊は五月九日に極秘裏に名古屋港を出航、なんとかサイパンにたどり着いたが、一個連隊四千人を乗せた第二次の輸送船は次々と撃沈され、サイパンにたどり着いたのは千人たらず、しかも丸腰で、武器がなかった。

米軍の上陸は時間の問題だった。

斎藤師団長は水際作戦を採用した。

上陸した米軍を海岸で叩く戦略である。海岸の陣地を作らなければならないが、セメントも鋼材もない。海岸は珊瑚礁のもろい土質で、しかも地下水がわき出て、脆弱《ぜいじゃく》な陣地しか作れなかった。

第二次部隊がたどり着いて四日後の六月十一日には、二百機の艦載機が飛来、翌十二日には四百機が飛来して爆撃を加え、サイパンの首都ガラパンは壊滅した。

海岸の陣地も、ことごとく吹き飛んだ。

ここが占領されたら、日本列島は完全に米軍の制空権下に入ってしまう。

大本営は絶対死守を訓令したが、この素人集団では到底、死守は不可能だった。

パラオとサイパンは隣同士である。親戚知人が大勢いた。倉田も祈る気持ちで、サイパン島を気づかった。

空爆のあと米軍は三日間艦砲射撃を加えた。

これで高射砲陣地、海岸砲台、物資の集積所、それらのことごとくが吹き飛んだ。山も台地も消えてしまい、椰子の木は一本もなくなつた。

こうしておいて六月十五日から上陸作戦が始まった。

上陸地点はチャランカノア南北の海岸で、ここに米海兵二個師団が上陸用舟艇で殺到した。第百三十六連隊の第二大隊が白兵突撃を試みたが、戦車中隊も含めて全滅した。

大本営は大いに慌てた。

悲痛な電報

なんということだろうか。このとき、サイパンで指揮を執る中部太平洋方面の陸軍最高司令官小畑英良《おばたひでよし》中将が留守だった。

小畑はヤップ島の軍事施設を視察するため、サイパンを離れてコロール島の南洋ホテルにいた。無線通信によってサイパンが火の海と化していることが、手にとるように分かった。

「敵艦数百隻、水平線上に現わる」

「目下、三百の敵機、来襲中」

「帝国海軍、いずこにありや」

「敵艦隊は山脈のごとし」

「サイパンに敵機来襲中」

「目下、数百機爆撃中なり」

と電報、電報、電報の洪水である。

どこもかしこも罵声《ばせい》、怒声《どせい》、死相、やせ我慢、悲壮感、虚栄《きょえい》の交錯だった。

小畑司令官は顔面蒼白である。しかしサイパンに戻る手立てはない。

水際に蜘蛛の巣のように陣地を張り巡らせていた独立歩兵三百十六大隊の兵士たちは善戦したが、何ぷんにも弾薬が切れ、あとは「万歳突撃」しかなかった。

連合艦隊の消滅したいま、もはやサイパンを守る手立てはない。

サイパン島は放棄された。

サイパン玉砕で哀れをとどめたのは南雲忠一《なくもちゆういち》海軍中将である。

ミッドウェーの惨敗の責任をとらされ、艦艇もない中部太平洋方面艦隊司令長官に左遷されていた。

南雲忠一中将

陸《おか》にあがった河童《かっぱ》である。見るも気の毒だった。この人には運がなかった。
運を呼び込む積極さがなかった。
ハワイ攻撃のとき、石油タンクと海軍のドックが無傷だった。
南雲は「第三次攻撃の要あり」という声には無言で、引き揚げた。

ミッドウェー海戦でも敵空母を発見したとき、すぐに攻撃機を向かわせるべきなのに、その決断ができずに自滅した。海軍首脳部は、いわくつきの南雲長官を陸にあげた。それもサイパンである。

南雲はすべての罪を背負わされ、ここに飛ばされたといってよかった。

日本軍は戦車隊を伴い夜襲をかけたが、米軍は迫撃砲、バズーカ砲、機関銃、小銃などのあらゆる武器で一斉射撃を浴びせ、たちまちアスリート飛行場を奪われた。

空爆、艦砲射撃、戦車による攻撃、さらには火炎放射器で焼き尽くされ、守備兵も民間人も北へ北へとジャングルを逃げ回った。

マッピ岬に数千の陸海軍兵と二万人近い在留邦人が集まった。

負傷兵三千は手榴弾で自決し、民間人はマッピ岬から身を投じた。

地獄谷の洞窟に司令部があり、そこには五百人ほどの兵士がいた。

南雲は地獄谷に来る途中も、来てからも、ほとんど口をきかなかった。

ただ眼を光らせて周囲を見つめるだけだった。

どこで、どのような形で死ぬべきか。軍人の場合、それが問われた。

七月に入ると、洞窟めがけて砲撃が始まった。

「ワッショイ、ワッショイ」

「ワーッ」

日本兵はそう叫んで洞窟を飛び出した。殺しても殺しても突撃を繰り返し、弾丸がなくなるとお互いが刺し違えて自決した。

小銃もなくなり、棒きれだけを持つもの、棒の先に銃剣を結び付けた兵士もいた。

何人かは米軍の捕虜になった。

南雲長官自決

海軍の南雲忠一司令長官、矢野参謀長、陸軍の斎藤第四十三師団長、井桁参謀長らは、総攻撃の前日に自決した。自決の模様は次のようなものだった。

洞窟の中央に二本のローソクが立てられた。

その前に白い布が敷かれ、その上に四ふりの軍刀がおかれた。

「閣下、長い間、お世話になりました。明日の総攻撃では、きっとこの仇をうちます」

と参謀たちが、別れの挨拶をした。

「ご苦労をかけた」

と四人が答えると、恩賜《おんし》の煙草《たばこ》の封が切られ、それぞれが最後の一服を味わった。

中央に南雲司令長官、斎藤師団長、両脇に矢野、井桁の参謀長が並んだ。

姿勢をただしはるか北の皇居に向かって遥拝《ようはい》した四人は、軍刀をつかみ、切っ先を腹に当てたそのとき、後ろに介錯《かいしゃく》のために立った副官が拳銃の引き金を引いた。

南雲は階級章を外し、戦闘帽もなかった。

全員が万歳突撃をしたのはその翌日だった。

昭和十九年七月九日、米軍は勝利を宣言した。

日本軍の死傷者は約四万一千人、米軍の死傷者は約一万五千人だった。

武器弾薬の補給のないなかでは大善戦だった。

一方、小畑司令官はペリリュー島に渡り、ここから飛行機でサイパンに向かったが、結局降りることはできず、グアムに着陸して、ここで米軍と戦う羽目になった。

一分間の黙禱

サイパンの在留邦人の死者は八千から一万人、中核となって戦ったのは南洋興発の社員と南洋庁立実業学校の生徒たちだった。

サイパンの玉砕は南洋庁のサイパン支庁から本庁に連絡があった。

倉田の身にも戦争の影が迫った。

サイパンには勤務したこともあり、知人も大勢いた。

「明日はわが身だ」

と倉田も覚悟した。

パラオの邦人は全員、庭に出てサイパンの犠牲者に一分間の黙禱を捧げた。

サイパンの悲劇は島民や日本の民間人を巻き込んだことだった。

南洋興発に勤務していた職員は多くが妻子を失い、自分も命を落とした。

倉田はそのことを聞いて、涙があふれて仕方がなかつた。

壮絶であった。米軍の圧倒的な兵力を前に、日本の将校は皆、気がおかしくなっていた。

昼のように明るく打ち上げる照明弾、それは味方にスパイがいて敵に内報するためだと、邪《じゃ》推《すい》し、スパイ狩りが横行した。

島にいたチャモロ族、カナカ族も犠牲になった。

派手な長繻絆《じゅばん》の慰安婦たちも手榴弾で集団自決した。

山に籠って生き続ける兵士もいた。

サイパンにもいたことがあるだけに、倉田の胸は張り裂けんばかりに痛んだ。

サイパンが陥落し、グアムも玉砕した。

次はパラオ諸島が攻撃される。毎日のように民間人に召集令状が来た。

水産試験場の庶務課長にも令状が来た。

「おめでとうございます」

と職員が歓送会を開くと、日ごろ威張っていた課長がおいおい泣き出した。

妻子を思ってのことだろう。

誰でも死ぬのはいやだ、倉田は独り身なので、その点では気が楽だった。

第４章　現地召集

倉田に赤紙

これまでは南洋に来ると兵役は免除された。しかし、その特権もなくなった。ペリリュー島には滑走路があるので、ここが最初に攻撃されることは疑う余地がなかった。隣のアンガウル島も同じ運命をたどるだろう。

とても勝ち目はないと、倉田は観念した。

連合艦隊が壊滅してしまったいま、サイパンに続いて、パラオも玉砕は免れなかった。

四十過ぎの課長に召集令状が来たのだから、自分に来ないはずはないと思っていると三日後に赤紙、召集令状が来た。

昭和十九年七月の暑い日だった。もう死ぬしかないと観念した。

米機動部隊は我が物顔にふるまっていた。

七月二十五日から二十八日まで連日、延べ百数十機でパラオ本島のアイライ飛行場、マルカル港、アミオンス水上基地、アルマテン海軍砲台、高射砲陣地、コロール町、港湾施設、軍需品集積所などを爆撃した。

さらにペリリュー島、アンガウル島、ヤップ島に反復重爆撃を加えた。

地上部隊は果敢に迎撃し、四十数機を撃墜したが、コロールの町は焼き尽くされた。

ある日、日の丸をつけた八機編隊の零式三座偵察機が飛来した。

「わあーい」

島の人々は大喜びだった。

翌日、マラカイを行進する若い海軍兵士の一団がいた。

前日、飛来した飛行機の搭乗員だった。これから南洋神社に戦勝祈願に行くのだという。

心強い限りだった。この偵察機も飛ぶたびに燃料不足や故障で、姿を消し、ついには二機だけとなり、洞窟に隠し、夜間のみ使用した。

日本海軍の落日だった。

「もう日本はだめだとはっきり思いましたね」

倉田はいった。赤紙は即、死を意味した。

仕方がない。これが運命かという気持だった。

島の娘

倉田にはほのかに想っている女性がいた。

コロール島から五十キロほど離れた小島の娘、ヤウロンである。

歌にももてはやされた南洋の美人である。

細身で、理知的な瞳の女性である。これで彼女とも島の人ともお別れだと、倉田は定期船で彼女に会いに行った。

倉田は島の人々が好きだった。島の人と喋り、海に潜ったり、月を眺めたり、一緒に踊ったりした。そこに気になる娘がいた。ヤウロンだった。

「戦争に行くことになった。大変お世話になり、そのお礼に来た」

と話すと、彼女は目に涙をいっぱい浮かべ、

「いいところがあるわ、ルイスアルモノグイの中腹の洞窟よ、その洞窟に隠れていればいいわ。私が食事を運んであげる」

といった。嬉しかった。しかし日本人としてそれはできない。

「アメリカをやっつけるんだ」

と強がりをいったが、本心は悲しかった。もう会えないと思うと、ひどく辛かった。

やがて別れのときが来た。

「これ形見の品です」

ヤウロンが包みをよこした。開けてみてびっくりした。

それはゴールデン・カウリー、別名南洋の宝と呼ばれる貝だった。貝のコレクションマニアなら喉から手が出るほどの美しい大きな宝貝である。

時価五百ドル、倉田は仰天《ぎょうてん》した。

「私、送っていくわ」

と彼女は友人ロゴスと二人で帆を張ったカヌーで、倉田をコロール島まで送ってくれた。

五十キロの航海である。カヌーはすべるように走った。

ヤウロンは倉田を見つめて歌った。

南の島の果て、波の花咲く島に
恋の歌に胸が躍る二人よ、楽し丸木舟に
舟は波にまかせ、わが身は恋に捧げ、
つきせぬ想いに胸躍る二人よ、楽し丸木舟に
ザボンの色の月、あの椰子の葉に昇るころ、
恋の歌に踊る二人よ、楽し丸木舟に

青い海を行く一隻のカヌー、懸命に漕ぐ彼女の姿を見ながら、倉田は、

「これが戦争なんだ」

と思わず涙ぐんだ。戦争は馬鹿げていると思った。なんのために殺し合うのか。それが分からなかった。

カヌーがコロール島に着くと、彼女はすすり泣きながらワンピースを脱ぎ、豊かな胸を倉田に見せ、ワンピースを振って、薄暗い海の彼方に消えていった。

倉田は茫然《ぼうぜん》として、夕暮れの海を見つめた。

これが彼女との永遠の別れだった。

そのときのカヌーの残影が、いまでも倉田の目に焼き付いていた。

「彼女とはどこまでのお付き合いだったのですか」

「いやなにもしませんでした。早晩、戦争になって死ぬと思っていたので、そういうことはできなかった」

と倉田がいった。

料亭「鶴の家」

召集まで一週間あった。

「おい倉田、これで死ぬかもしれんぞ、男として覚悟を決めろ」

と友人がいい、倉田も生まれて初めて遊廓に出かけた。

そこは料亭「鶴の家」といい、格式の高い遊廓で、南洋庁の高官や軍の将校が出入りしていた。コロール島の色街は空襲で大分、焼けてしまったが、鶴の家は残っていた。

死ぬと決まると、なぜか女性とときを過ごしたくなるものである。召集された人々は、ものにつかれたように遊廓に足を運んだ。

若い倉田は遊廓にあがることに、幾分かのためらいがあった。しかし、これで人生は終わりだと思うと、意を決して「鶴の家」にあがった。

島の娘のヤウロンには悪いと思ったが、彼女とは五十キロも離れている。もう会いに行く時間はなかった。

そこで出会った女性は、なんと少年のころに過ごした栃木の人だった。

西那須野の農家の娘で、凶作のために身売りされ、パラオまで来たのである。

そういう人がこの世にいることを、倉田は初めて知った。

倉田は世の矛盾を感じ、彼女を愛しく思った。

二人で那須の山や川を語り、彼女はサントリーの角抵を飲ませてくれた。海軍の将校からもらったのだという。

初めて飲むウイスキーである。

ジーンとウイスキーが胃に染み渡り、緊張がとけ、倉田はほんのりと酔った。

パラオには酒というと防腐剤のホルマリンが入った日本酒しかなかった時代である。もう夢心地だった。しかし、この夜も倉田は彼女を抱き締めることはしなかった。とてもそれはできなかった。

話し込んでいるうちに夜が明けた。

やがて召集の日が来た。

入隊式はパラオ公園で行なわれた。全員が軍服に着替え、各部隊に配属になった。大勢来た見送りの中に鶴の家の彼女がいた。男は全員、軍服姿なので、彼女は必死に倉田を探している様子だった。しかし倉田は隊列を離れることはできない。

やっと目があったときは、本当に嬉しかった。

異郷で一人での出征である。どれほど彼女に慰められたことか、倉田はもう死んでもいいとすら思った。

倉田は心から彼女に感謝し、出征した。

第5章　アンガウル島玉砕

遺書を書く

倉田は陸軍二等兵としてパラオ諸島の南端にあるアンガウル島に配属になった。硫黄島の二分の一、どこにも逃げようがない。これは絶対に助からないと思った。急いで東京の母に遺書を書いた。

それは日本男児として立派に戦って死ぬという遺書だった。

遺書は人を介して鶴の家の女性に頼んだ。

女性は全員、日本に帰ることになっていたためである。しかし船がなく、彼女は帰れず、倉田の遺書はパラオにとどまったままだった。

のちに倉田は、その遺書を自分で開いた。死なずによく生きていたものだという思いだった。

倉田はアンガウルには何度も出かけていた。

燐酸鉱物が堆積した隆起珊瑚礁の島で、北西部の高地を除いては、平坦な土地だった。各地に塩分を含む湖沼があるが、飲み水にはならない。飲料水は雨水を利用した。

南部と北部に飛行場の適地があったが、珊瑚石灰岩質で硬く、工事はできなかった。

港は南西、南東海岸にアンガウル港、東北港、東港があり、敵はここから上陸すると思われた。

いずれも太平洋に面した港で、ときとして風浪が高く、艦艇の行動は制約されたが、風下の東港はいっも穏やかだった。

北西部の山地には、珊瑚と石灰岩で形成された無数の洞窟があった。これは天然の要塞だった。

アンガウル港の周辺はサイパン村といい、燐鉱工場、警部補派出所、郵便局、アンガウル医院、国民学校、無線電信所などがあり、島の中心地だった。

燐鉱の採掘量は昭和十年で、七万八千トン、昭和十四年には十万四千トンに増大した。周辺にはアンガウル鉱業所、燐酸肥料工場の巨大な建物があり、南洋群島で最も古い大正十一年に建てられたアンガウル神社もあった。

海岸には珊瑚礁があり、南東の海岸にはマングローブが密生、見事な景観だった。砂浜には椰子の葉が繁り、パパイヤ、バナナ、パンの実、マングローブ、椰子などが実るパラダイスだった。

島の北側はジャングルで無人地帯だった。

鍾乳洞も各地にあり、陣地に適していた。

島の住民は二千六百人。内訳は日本人が千三百余人、朝鮮人五百三十余人、島民七百五十余人で、島民は肌の黒いカナカ族だった。日本人と朝鮮人は燐鉱工場で働く人々だったが、日本人はパラオに引き揚げ、すでにいなかった。

ここに配属になった宇都宮第十四師団は、満州（中国東北部）から来た部隊なので、暑い、暑いと水ばかり飲んでいた。熱帯の太陽は、ガンガン照りつけ、兵士たちはたちまち真っ黒になった。

守備隊の陣容

アンガウルに進駐した守備隊の編成は次のようになっていた。

地区隊長　歩兵第五十九連隊・第一大隊長後藤丑雄少佐
大隊本部　副官鈴木恒中尉、鈴木安彦中尉、江口繁人中尉、宇佐美敏男少尉
　　　　　軍医加藤武雄大尉、小林謙大尉、主計鴨志田芳松中尉、計九十五人
南地区隊　第一中隊・中隊長石原正良中尉、小隊長伊澤健少尉、亀田隈太郎少尉、

沼尾才次郎少尉、大沢龍雄少尉、計百六十七人
北地区隊　第二中隊・中隊長佐藤光吉中尉、小隊長大木久少尉、佐藤善太郎少尉、宮下義雄少尉、岡部守夫少尉、館野直吉准尉、計百六十七人
反撃中隊　第三中隊・中隊長島武中尉、小隊長矢野照美中尉、若井信夫少尉、伊矢野邦三少尉、浅田豊男少尉、計百六十五人
第一歩兵砲中隊　中隊長日野清一中尉、小隊長中嶋正巳中尉、小林米少尉、計百二十三人
砲兵第二中隊　中隊長芝崎省三中尉、松沢豊中尉、服部忠徳少尉、菅谷佐一郎少尉、計百九十六人
高射機関砲隊　柏原源吾少尉、高橋実少尉、計三十人（推定）
工兵第一小隊　星野善次郎少尉、計五十一人
通信小隊　山根宗一少尉、計三十三人
補給小隊　立原安雄少尉、計四十八人
衛生小隊　小隊長・野沢二一少尉、福島恒喜見習士官、野田剛一郎見習士官、計三十二人（推定）
第十四師団野戦病院の一部・軍医長斎藤健太郎中尉、軍医鈴木美夫中尉、豊田四郎少尉、土屋憲一少尉、薬剤山崎由雄中尉、計五十八人（推定）

経理勤務部　岡田博吉主計中尉、計二十二人
第三船舶輸送司令部パラオ支部の一部　計七人（推定）計千百九十四人
海軍第四十五警備隊アンガウル電探所所長・石倉芳太郎兵曹長、計六人
　海軍部隊計千二百人
他に軍夫（島民）百八十三人
　総計　千三百八十三人

これは『戦史叢書中部太平洋陸軍作戦〈2〉ペリリュー・アンガウル・硫黄島』に掲載された部隊編成表である。軍夫も入れ約千四百という数字だった。

出身は栃木、茨城、群馬、長野の人々で、栃木で暮らしたこともある倉田には、違和感はなく、皆から、可愛がられた。同郷は、なにものにも代えがたい財産だった。

倉田には軍隊の経験はなかったが、中学時代、軍事教練を受けていたので、訓練が始まると上達は早かった。

訓練ではノモンハン事件で効果があった火炎瓶や地雷で戦車とどう戦うか、三ヵ月の初年兵教育で徹底的に叩き込まれた。

速射砲の訓練も受けた。

長期持久戦

守備隊は大本営の方針でアンガウル、ペリリュー島に頑丈《がんじょう》な要塞を築いた。島には珊瑚礁がいたるところにあり、それを使って連日、構築が行なわれた。二つの島の防衛方針は次のようなものだった。

1　長期持久戦に徹し、敵に多大の損害を与える。
2　主陣地の前方には小堡塁を築き、全島を陣地とする。
3　陣地は熾烈《しれつ》な砲撃戦及び戦車の攻撃に対処し、縦を深く、横を広くし、最後の一兵まで抵抗を持続するため複郭陣地とする。
4　水際付近には重火器、火砲を設置し、斜射、側射により到着前後の舟艇を猛射する。敵の上陸予測地点にも陣地を設け、潜伏遊撃拠点、背射自動火器、潜伏対戦車拠点とし、各種障害物も設置する。
5　大逆襲は昼夜を問わず大損害をうける可能性があるのでこれを戒める。

ガダルカナルの玉砕戦の反省が、随所に盛り込まれていた。

最も大きいのは「万歳突撃」を行なってはならぬということである。日本軍はどこの戦場

アンガウル島地図

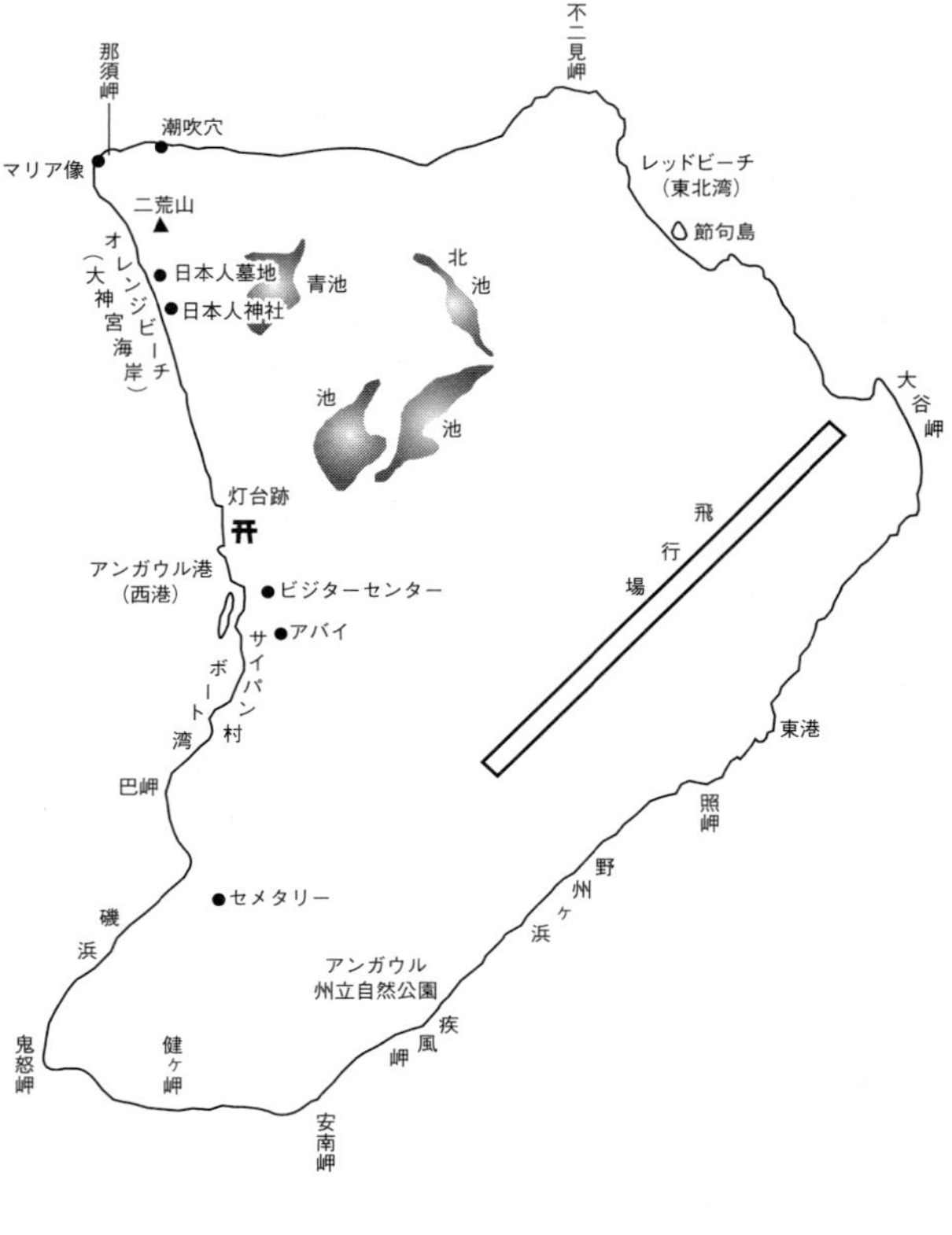

不二見岬
那須岬
潮吹穴
マリア像
レッドビーチ
(東北湾)
二荒山
節句島
オレンジビーチ
(大神宮海岸)
日本人墓地
青池
北池
日本人神社
大谷岬
池
池
灯台跡
飛行場
アンガウル港
(西港)
ビジターセンター
アバイ
サイパン村
ボート湾
東港
巴岬
照岬
野州ヶ浜
セメタリー
磯浜
アンガウル
州立自然公園
疾風岬
鬼怒岬
健ヶ岬
安南岬

でも最後は万歳突撃だった。

これで多くの将兵が意味もなく戦場に散っていった。

犬死にといえた。それをやめうというのは大きな進歩だった。

セメントもパラオから運び、敵の空爆、艦砲射撃、バズーカ砲、戦車砲など、すべての重火器に対応できるよう頑丈なトーチカや塹壕《ざんごう》を掘った。

また敵の上陸地点の珊瑚礁には地雷を敷設して、緒戦で大打撃を与える作戦も立てた。アンガウル守備隊隊長の後藤丑雄少佐は、島民の男子百三十余人を軍夫として残したが、残りはパラオ本島に引き揚げさせ、軍人だけで島を守る決意を示した。

「民間人を巻き込んではならぬ」

という後藤少佐の処置は立派だった。

「この人のもとで戦うなら死んでもいい」

と倉田は思った。

死闘始まる

昭和十九年九月五日、Ｂ24と数機の艦載機が同時に、アンガウル島とペリリュー島に飛来して、爆撃を加えた。

「いよいよ来たぞ」

倉田は海岸線の蛸壺《たこつぼ》に体をひそめ、戦闘帽の紐をしっかりしめた。

ズシーンとはらわたがえぐられるような響きがして、直撃弾を受けた海岸の陣地は瞬時に吹き飛んだ。

爆撃の凄さは、言葉では表現しようのないものだった。

直撃弾を食らった陣地は、影も形もなくなり、ただ大きな穴が開いているだけだった。体がバラバラに飛び散って、周辺の樹木に手足がぶらさがっていたりした。

生きるも死ぬも神のみぞ知るだった。

五月下旬まで隣のペリリュー島に二百機の飛行機があった。しかし、いまは一機もない。それ以来、どこからも援軍はなかった。

九月十二日から三日間、空爆と艦砲射撃があった。

空爆は飛行機が飛んでくるので、「それきたッ」と逃げようもあったが、艦砲射撃はまったく見当がつかない。シュルシュルと不気味な音がして、ドカーンと爆発する。その恐ろしさは言葉ではいい表せなかった。

艦砲射撃を避けるには鍾乳洞のなかや岩の割れ目に逃げるしかない。なかには出口を砲撃でふさがれ、出られなくなった部隊もあった。

米機動部隊は島の周囲をぐるりと取り巻き、朝から夜まで砲弾や爆弾の雨を降らせた。ジャングルが吹き飛び、樹林は消えてしまった。

飛行場があるペリリュー島に対する爆撃は凄まじかった。

わずかな距離しか離れていないので、すべてが手にとるように分かった。

海岸の魚雷庫に砲弾が炸裂し、誘爆したときは天地を揺るがす大轟音だった。

真っ赤な火柱が天たかく上がり、その恐ろしい光景に倉田は息をのんだ。

「もはや逃れられない、死ぬしかない」

と倉田は思った。

米軍の記録によると、ペリリュー島に対する米軍の砲撃は、九月十二日から十四日の二日間で各種砲弾が二千二百五十トン、十五日以降に一日三千四百トン、艦載機は五百七十トンの爆弾を投下した。アンガウル島にも千百三十五トンの艦砲射撃を加えた。

爆撃を受けたアンガウル神社

米軍の指揮官のリュパータス少将は「三日で二つの島を陥落させる」と豪語した。

「これほどの攻撃は見たことがない。これは想像を絶する」

関東軍の精鋭《せいえい》も顔面蒼白だった。生きては帰れまい、誰しもが思った。

日本軍と米軍の火力の違いは歴然としていた。

大人と子供どころではない。大相撲の力士に子供がぶつかり、ひょいと持ち上げられて土俵の外につまみ出されるようなものだった。

砲撃が終わって、一瞬の静寂があった。それは十五日の朝だった。

「奴らが上陸してくるぞッ！」

古参兵がいった。倉田は身震いした。

いよいよ上陸作戦の開始である。

倉田は海岸の蛸壺に走り、身を伏せた。

ペリリュー島の西浜の海岸から十数キロ離れた珊瑚礁に錨を下ろしていた敵の輸送船五十隻から、兵を満載した大型の上陸用舟艇二十数隻が下ろされ、海岸に向かって発進した。

キラキラ光る太陽の光をあびて、上陸用舟艇がまっすぐにペリリューに向かった。

米軍は空爆と艦砲射撃で、椰子の巨木をすべてなぎ倒し、構築した陣地を完膚《かんぷ》なきまでに叩きのめしての上陸作戦である。

海岸から二キロほど離れた地点で、大型舟艇が止まると、今度は小型の上陸用舟艇が海に下ろされ、兵はそれに乗り移り、ペリリュー島の砂浜を目指した。

「こちらには来ないぞ」

「これで三日は生きられる」

皆が口々にいった。

米軍はアンガウル島を最初に攻略するつもりだった。しかし途中から変更された。アンガウルに上陸している間に、パラオ本島からペリリューに援軍が送られると判断したために、順序が逆になった。

上陸作戦を援護するため敵の艦艇からは何百、何千発というロケット砲が放たれた。砲煙のなかを水陸両用車、水陸両用戦車、水陸両用トラクター、装軌上陸車などに分乗した第一陣二千人が西浜の海岸線に殺到した。

攻撃隊はリュパータス少将率いる第一海兵師団、「オールド・ブリード」（古兵）である。飛行機や潜水艦から島の地形、守備隊の位置、建物などを撮影し、上陸地点は潜水艦から撮影した。米軍は自信満々だった。

まもなく日本軍の反撃が始まった。

山の中腹から日本軍の大砲が火を噴き、上陸用舟艇を破壊した。

「やっつけろ」

アンガウルの兵士たちは叫んだ。

敵の第一海兵師団は中川大佐が仕掛けた水際陣地に迎撃され、海兵隊は大混乱に陥った。上陸用舟艇は火だるまになり、死体や負傷兵が散乱し、米兵は窪地に身を伏せた。

敵上陸開始

その二日後、九月十七日早朝、アンガウル島に対して激烈な艦砲射撃が始まった。これは米軍がペリリュー島の海岸線を制圧したことを意味した。

「きたぞ!」

見張りの兵が叫んだ。

今度はアンガウル島上陸作戦である。塹壕は粉砕され、米軍輸送船約四十隻から水陸両用戦車数十台が下ろされ、東港と東北港に向かって突進した。

攻撃部隊はミューラー少将率いる陸軍第八十一師団、「ワイルド・キャット」(山猫)である。

援護の砲撃が凄い。

海岸陣地には友軍の兵が半身、血まみれになってころがった。

陸上の陣地という陣地はことごとく破壊され、そこに第一陣約二千が上陸してきた。

東北港の正面を守るのは佐藤光吉中尉の二個小隊と、砲兵第二中隊の野砲、迫撃砲である。

佐藤は渾身の力を込めて大砲を放ったが、圧倒的な火力の前になすすべがない。

海岸に埋設した水中機雷、水際地雷も、さほどの効果はなく、戦車も上陸してきた。

「山猫部隊」はニューギニアやハワイで上陸特別訓練を受けた二万の精鋭である。

その圧倒的な兵力に倉田は、頭が真っ白になった。

米軍の水陸両用戦車は砲塔を回転させ、轟音とともに、戦車砲を放ってきた。

戦車の砲身がパッと光ったと思うと、砲弾が飛来して炸裂し、樹木や岩石が吹き飛び、味

米海軍艦艇からの猛烈な艦砲射撃にさらされるアンガウル島

方の兵は次々に負傷した。

米軍は早くも東北港正面に千メートルにわたって海岸堡塁を築き、歩兵一個連隊と砲兵四個大隊（約五十門）、戦車一個大隊、約五十台を張り付けた。

その早さに倉田は仰天した。

東港の友軍は善戦した。ここには北区東港守備隊と、野砲小隊が配備され、水中機雷と砲撃で、決死の戦いを見せ、夕刻までに敵の上陸用舟艇約三十隻と、火砲二十門、水陸用装甲車十五台を撃破した。

これは神業の大戦果だった。

倉田は大砲隊に配置され、大いに撃ちまくった。大砲さえあれば、そう恐るるに足りなかった。だが砲弾がない。

「砲弾をよこせッ」

倉田は叫んだ。それは空しい叫びだった。どこからも補給はない。撃ち尽くしたらそれでおしまいなのだ。

手元にあるのは手榴弾と小銃である。これでは勝ち目がない。

倉田は大砲を引いて後方に逃れた。

「残念だ」

倉田もこの数日間で一人前の兵士に成長していた。

島中尉の死

初日の夜、島中隊が夜襲に出た。

中隊長の島武中尉は陸士卒の豪快な人で、島の娘の人気を集めていた。

暗夜、息を潜めて東港に向かい、敵陣の二百メートルまで接近、擲弾筒《てきだんとう》や軽機関銃の支援のもとに、十八日早朝、米軍の陣地に突入した。

敵の上陸用船艇に攻め込み、日本刀で敵兵を斬りまくった。しかし六時ごろ米軍の艦載機が飛来して、重爆撃を加え、戦車、水陸両用装甲車の集中攻撃も受けて、損害が続出、攻撃は中断された。九時過ぎに再び反撃し、一部は水際まで敵を押し戻したが、弾丸が続かず、島中隊は大部分が玉砕した。

島隊長の遺体は部下の手で後方に運ばれ、倉田が島中隊の兵と裏山に穴を掘って埋めた。大柄な人だったので、掘るのに苦労した。

「昨日まであれほど元気だつたのに、悲しいなあ」

倉田は墓地に手を合わせた。遺体がバラバラになり、誰が誰だか分からない人に比べれば、まだいいと思うしかなかった。

東北港と東港は十八日朝までに完全に米軍に制圧された。

十八日昼ごろ、米軍はM４戦車を先頭に後方陣地に攻め寄せてきた。

道路が狭いので戦車は一列縦隊に後方の陣地に侵入してくる。

「これは狙いどおりだ」

倉田は、胸を躍らせた。少ない量だが、砲弾を調達した。

「いまだ、撃てッ」

中隊長が叫んだ。だが、たちまち反撃を食らい、十三人いた分隊員がたった三人に減っていた。どこも吹き飛ばされ惨澹たる有様である。全身ばらばらになって叩き付けられた。敵の先鋒部隊は大半が黒人兵だった。白人兵は熱帯の太陽に焼け、赤い顔で赤鬼のようだ。敵は戦車砲や迫撃砲でガンガン撃ってくる。

戦争さえなければ、殺し合う必要もないのにと倉田は思った。

たちまち砲弾がなくなった。

砲弾が切れたのだから歩兵と同じである。

戦車砲で撃たれて死傷者続出である。とてもも堪《こた》えられない。

頭を半分そがれた者、片腕を奪われた者、戦場は目をそむけたくなる光景だった。つい先ほどまで話をしていた戦友が、全身、血まみれになり、ころがっている。倉田は自分が生きていることが不思議だった。

洞窟に避難

「退却、退却、洞窟に集結せよッ」

という後藤部隊長の命令が伝えられた。

砲弾が切れてしまったのだ。あとはゲリラ戦に出るしかなかった。

島の西北には大小無数の鍾乳洞があり、後方には複郭陣地があった。洞窟を組み合わせた陣地である。

食糧、弾薬が十分にあれば、一、二ヵ月は戦えるのだが、肝心の食糧はほとんど備蓄がない。水もない。

これで戦えというのだから、日本という国はひどいと率直に思った。兵士は国の命令で戦場に来たのだ。来てみれば弾薬も食糧もない。騙されたようなものだった。

こういう場合、少人数の方がよかった。

倉田は小野一等兵、中山二等兵と三人で、城郭陣地を目指した。後方から激しく砲弾が飛んでくる。

直撃を食らったら三人とも命はない。砲弾が近くなった。

三人は咄嗟《とっさ》にガジュマルが茂るジャングルに身を隠した。

そこへ不運にも迫撃砲弾が落下し、小野一等兵の大腿部に砲弾の破片が当たった。

大腿部破裂の重傷である。ドクドクと鮮血が流れる。

「殺してくれ、倉田ッ」

小野一等兵が苦痛に耐えかねて叫んだ。しかし、それはできない。

「ばあちゃん、ばあちゃん」

小野一等兵は連呼し、やおら拳銃を引き抜いたと思うと、取り上げる間もなく、こめかみに銃口を当て引き金を引いた。

鈍い銃声が響いて小野一等兵は頭から血を噴き、そのまま息絶えた。

一瞬の出来事だった。

小野は背の高いやさしい人で、よくばあちゃんの話をしていた。

戦争の現実を目の当たりにして、倉田は全身が凍りついた。

夕刻、米軍が退却したので水を求めて青池に出かけた。夜間照明弾があがり、ときおり真昼のように明るくなる。敵は迫撃砲を間断なく撃ってきた。威圧のためである。

ここが唯一の水源だった。米軍はまだそれを知らないようだ。

倉田は腹ばいになって沼の水をゴクゴク飲み、それから水筒に水をいっぱい入れた。なにか浮いている。よく見ると戦友の遺体だ。おもわずのけぞった。

戦いは山岳戦に入った。小銃と手榴弾を手に岩陰に隠れて敵兵を狙撃した。夕方になると敵は煙幕をはって後方に退却する。

やれやれと飯を炊き、水を汲んだ。それが日課になった。

戦闘中にスコールが来ると、戦闘は中止である。

これは両軍、暗黙の了解事項だった。

鉄砲をほうり出して、軍服を脱いで水を受けた。晴れると再び戦闘だった。軍服にたまった水を飲むのだが、火薬と汗のにおいがして、それは独特の味だった。

朝になると二十メートル間隔で、戦車が攻めてくる。

それを手榴弾で迎え撃つのだが、工兵隊がアンパン地雷を使った。

ぴたっと戦車にはりつける対戦車肉薄攻撃兵器である。

これは炸薬《さくやく》がつまった円盤形の本体に、四個の磁石がついていて、敵戦車に接着させて点火できるように設計されていた。

別名、亀の子地雷ともいう。

これで敵戦車のキャタピラを切断するのだ。

戦車が動けなくなると、突進して砲塔にのぼり、手榴弾を放り込む。

工兵も死ぬが、米兵も確実に死んだ。いうなれば特攻である。決死抗戦だった。

人間、ここまで強くなれるものか。倉田は古参兵の強さに舌をまいた。これは日本軍兵士に限っての肉弾攻撃だった。

青池周辺の死闘

二十二日からは両軍の死闘となった。

米軍はこの戦闘に新しい兵器を持ち込んできた。新しい火炎放射器と六十ミリ肩撃ち式迫撃砲である。日本軍守備隊が立てこもる洞窟の陣地を粉砕するためだった。

この日、午前七時半ごろ米軍は戦車十数台、火炎放射器を伴い総攻撃に出て、青池周辺に進出した。

日本軍守備隊はアンパン地雷で、戦車一台を破壊、兵員数十人に損傷を与え、青池を死守した。翌二十三日も大激戦となり、敵兵百人を殺傷したが、守備隊の損害も大きく、兵は半分以下に減った。

米軍は戦車と火炎放射器で青池を含む燐鉱採掘地を占領、守備隊の兵力は三百人に減った。戦車の直撃弾を受けると、いっぺんに四、五人が死んだ。

もう貴重な水源地である青池に近寄ることはできない。飲料水は雨水に頼るしかなくなった。食糧がないのもきついが、水がないのはもっと堪える。

水筒にある水は最後にはなめるだけにした。

パラオ地区集団司令部とアンガウル地区隊本部との通信連絡もまったく途絶し、集団司令部は同島上空の照明弾、爆撃、艦砲射撃などで判断するしかなかった。

倉田の武器は小銃と手榴弾である。

敵は火炎放射器、焼夷弾、手榴弾、地雷、煙幕、ダイナマイト、ありとあらゆるものを使って攻撃してきた。この戦闘で倉田の集団は、追撃砲弾をくらい、三人一緒に吹き飛ばされた。

倉田は完全に意識を失い、しばらく失神していた。

奇跡的に意識を取り戻したが、一時、記憶が薄れ、なにが起こったのか、分からなかった。生死は一瞬の差だった。

砲弾の破片が頭に突き刺されば、それであの世行きである。足で済んだのは、幸運というほかはなかった。しかし、いつまた砲撃されるか分からない。とても生き続けることは困難だと思った。

「もうこれで、おしまいだ」

と水筒の水をがぶ飲みしたら、衛生兵に水筒をひったくられ、

「まだ死んではいない。戦えッ」

と怒鳴られた。

洞窟は石灰岩なので、靴も地下足袋もすぐにボロボロになる。戦友が死ぬと、なんでも頂

戴した。小銃弾、手榴弾、乾パン、靴、遺体はすぐに丸裸になる。

「むごすぎる」

と隊長から軍衣をはぐことはならぬ、と禁止命令が出たが、補給が一切ないのだから、これを守ることは不可能だった。

「なぜこんな戦争をするのか」

倉田はしょっちゅう疑問に感じた。食糧も与えず戦争をさせるのは、むちゃくちゃな話だった。それでも兵士は、だれ一人文句もいわずに戦った。兵士は飢えと恐怖で異常になり、些細なことで、喧嘩が始まった。

悪臭を放つ

怪我人は日々、化膿して悪臭を放ち、「死にたい」と叫び続けた。

十月二日以降、大きな変化はなかったが、米軍の艦砲射撃は断続的に続いた。山岳部に砲弾が炸裂し、毎日、毎日、大勢の兵士が殺された。体をズタズタに引き裂かれ、手足がバラバラになって死んでいった。

死体にはすぐウジがわき、大群が体にむらがり、十日も過ぎると、白骨になり、孵化した蝿が何千匹、何万匹と樹木にむらがった。米軍は十月十三日、南北から総攻撃を開始した。

この攻撃に耐えた守備隊は十月十九日早朝、総反撃に転じ、百三十人が青池付近に進出したが、米軍の集中射撃で前進を阻まれた。

砲弾が炸裂し、火炎放射器で焼き尽くされながら、自分が生き残るというのは、神の仕業としかいいようがなかった。

すべてが偶然だった。

そのとき、たまたま岩陰にいたり、戦友の後ろにいたりして助かった。

米軍の洞窟殲滅《せんめつ》作戦は、身の毛もよだつほどで、海兵隊が入り口に迫り、洞窟のなかに黄燐弾、焼夷弾をぶちこんだ。黄燐弾の火はすべてを燃やし尽くし、兵士は全身を焼かれてのたうち回り、洞窟の外にはいだしたところを射殺された。

飛行機からガソリン缶を投げ付けられ、洞窟内は火の海となり、もはやこれまでとお互いが銃剣で刺し合い、手榴弾を抱いて、自爆してこっぱみじんになる兵士もいた。

地獄の光景だった。

水がないことも辛かった。

小便を飲み、腕を切ってしたたり落ちる血を飲む者すらいた。

玉砕して祖国の盾になるという決まり文句は、なんの意味も持たなかった。

これほどの地獄に耐えて、なぜ戦うのか、不満も渦巻いた。

残った兵士は垢と煙によごれた、ぼろぼろな兵隊だった。栄養失調で頬はこけ、全員、体はやせ細り、目だけぎょろつかせた幽鬼のような軍隊だった。

米軍はしきりに投降を呼び掛けた。しかし投降すれば殺されると、誰もが思っていた。しかし後藤隊長は残っていた島民と民間人には投降を命じた。

沖縄では、住民を盾にしたが、それをしなかった点で、後藤隊長の判断は立派だった。

「兵隊さん、さようなら」

島の男女は、そういって去って行った。

二人の日本人親子も救出された。

残された兵は全員、死を覚悟した。

突撃した兵もいたが、機銃掃射を受けて、ほとんど全滅した。一組三人による斬り込み隊も結成され、夜襲に出たが帰る者はいなかった。

日一日と隊員の数は減り、わずか百人になった。

最後の突撃

後藤隊長は十月十九日早朝、最後の突撃に出た。

生存者百人で一組三人以下の挺身斬り込み隊を編制し、夜襲をかけるのだ。

倉田はまだ身動きできない状態だった。

「これで自決せよ」

と手榴弾を渡された。

米軍は上陸後１週間でアンガウル島の大半を制圧した

「一緒につれていってください」

とせがんだが、だめだった。

残されたのは重傷患者ばかりである。

兵隊が最後の斬り込みに出てしまうと、あちこちで、手榴弾が破裂し、命を絶った。

出撃した後藤隊長は二度と洞窟には戻らなかった。勇気と思いやりのある隊長だった。

「おれは死なないぞ、みんなのためにも生きるぞ」

倉田は決意し、歯を食いしばって頑張った。

杖をついて洞窟からはい出し、米兵の死体から傷の薬を探し出して、傷の手当てをした。米兵は、全員、医薬品を携行していた。

奇跡が起こった。だんだん、怪我が治ってきた。気力が傷を上回った。

米軍の掃討作戦は執拗《しつよう》だった。

洞窟という洞窟に米軍が爆弾を投げ、火炎放射器で焼き尽くした。

一人、二人と犠牲者が増え、最後まで洞窟に残ったのは倉田と高木上等兵と中山一等兵の三人だけだった。なぜ自分は生きているのか、不思議だった。

銃弾も砲弾の破片も、炎も自分を避けて通った。

人間、まず食うことである。三人は洞窟に棲むカニ、カエル、蛇、トカゲ、なんでも食べた。カタツムリは生で食べると奇妙に体をこわし、危篤状態に陥る。煮て食べればなんでもないが、煮る間ももどかしく、危険と分かっていても食べると、脳をやられ、何人もが死んだ。


米軍は島に飛行場の建設を始めた。

これを阻止するために、匍匐《ほふく》による分散攻撃を開始したが、戦場心理のためか自然に集団ができてしまい、そこを米軍に発見され、機関銃、手榴弾の集中攻撃を受け、後藤部隊長も戦死し、ここにアンガウル島の組織的抵抗は終わった。

キャンプに侵入

倉田は生き長らえていた。

ときどき、洞穴から天空を見た。青い空が広がり、生きているという安堵感があった。

米軍が捨てた医薬品を使ったおかげで、傷は大分よくなった。

「友軍が来るかもしれない」

そのことはいつも思った。

一緒にいた高木上等兵も同じだった。日本が負けていることは分かっていたが、心のどこかで援軍を待ち続けた。

ある日、倉田はひなたぼっこをしていた。

前方五十メートルに音がした。多分、生き残りの友軍兵士だろうと思った。ところがそれは米兵だった。

「あッ」

と思った瞬間、倉田は奇声を発した。自分でも驚くキャアという声だった。

米兵も驚いて逃げた。恐らく洞窟に残された日本兵の遺品狩りだったのかもしれない。銃は所持していなかった。

倉田は必死で洞窟に隠れた。絶対、引き返してくるに違いない。足を引きずりながら奥深くに逃げた。高木上等兵は洞窟の上部に潜んだ。

やがてガヤガヤと米兵の声がした。

洞窟に手榴弾をぶちこみ、カービン銃を乱射した。

不運にも高木上等兵が見つかってしまい、手榴弾で戦ったが、銃撃を受けて戦死した。倉田は高木上等兵を救えなかったことで、自責の念にかられた。

自分の命をどう守るかで、精一杯だった。

それから何日か後のことだった。

中山二等兵と夕涼みをしていると動く物体がある。

近寄ってきた、日本兵だった。すかさず、

「照ッ」

と声をかけると、

「神兵ッ」

と答えた。斬り込みの合い言葉である。

この男が玉砕後、初めて出会った日本兵だった。愛媛県宇和島出身の木下伍長《ごちょう》である。食糧を探しに来て偶然、出会ったのだった。二人よりは三人の方が心強い。

三人で別の洞窟に移ると、そこに沖縄出身の兵士二人がいた。これで五人になった。しばらく五人で穴暮らしをしたが島が小さく、その割には米兵が多く、このままでは食糧が不足し、餓死する。

「脱出しよう」

と衆議一決した。

泳いで島を脱出するのである。

泳ぎに自信があるのは倉田と木下伍長の二人である。

倉田は潮の流れも、島の配置も知っていたので、なんとかなるという思いがあった。

沖縄の二人も、なんとかやってみるといった。

残りの一人はまるで泳げない。

「それならば」

と倉田は筏をつくった。

米軍の宿舎からガソリン缶二つと救助タンカ一台、電話線二十メートルを盗みだし、あとは材木を集めて筏をつくった。

夕刻、筏を海中に投げ込み、泳げない者を筏につかまらせ、沖に出た。

軍服を着たままだったので、一時間に一キロも泳げない。ペリリュー島までは十二キロである。一晩中、泳げばペリリューの海岸に着くはずだったが、潮の流れが変わり、筏は西南方面に流された。

流れが意外にはやい。

このままでは外洋に流されてしまう。

倉田は戦闘中に敵前逃亡したK中尉を脳裏に浮かべ、必死に泳ぐが、ペリリューの灯が次第に遠ざかってゆく。夜が明ければ米軍の哨戒機に見つかってしまう。

見つかったら最後、機銃掃射で、皆殺しだった。

「だめだ、だめだ」

断念してアンガウルに戻ろうとした。しかし、波が荒く泳げない。そのうちに沖縄の二人が波にのまれてしまった。救う体力はなかった。へとへとに疲れ、アンガウルの岸に上がるや三人はばったり倒れた。これで脱出は不可能とあきらめた。

倉田の集団は木下伍長、中山二等兵の三人になった。

小銃弾から火薬を出して火種をつくり、故郷のこと、食い物のこと、あれこれ話をするときは、しばし時間を忘れた。

数日たって米軍のキャンプに食糧を奪うために三人で潜入した。

米軍は飛行場建設に出かけていて、キャンプに人影はなかった。

しかし、ここで倉田らは発見され、数人の米兵に囲まれた。

不思議に恐怖感はなかつた。

もうこれでいいと思った。

日本は敗《ま》けたのだという思いが倉田にはあった。

「裸になれッ」

と米兵がいった。衆人環視のなかでボロボロの衣服を脱いで裸になった。越中ふんどし姿の戦友を見ると、やせ細り、あばら骨が突き出ていて、見るも無残だった。

「ハングリー、ハングリー」

と飢えを訴えると、ステンレスの盆に冷たいレモンジュース、いんげん、焼き肉、パンがのせられて出てきた。

こんなに、うまいものがあるのか。

倉田は驚き、夢中で食べた。捕虜になったという感覚もなかった。

「捕虜ではない、解放されたのだ」

と倉田は思った。倉田流のこだわりだった。

やがてMPのジープに乗せられ、米軍の本部につれて行かれた。海水石鹼を与えられ海で体を洗った。数人のパラオ人が倉田らを見ていた。

「日本人はほかにいないのか」

と聞かれた。一緒に行動した五人が恐らく最後だった。うち二人が死んだので、もういないはずだった。

簡単な尋問が終わると、船に乗せられペリリュー島の捕虜収容所に送られた。

そこに日本兵十数人と韓国人が五十人ほどいた。

日本兵の中に一緒にアンガウルで戦った船坂弘の姿があった。

「よく生きていたな」

と船坂がいった。

船坂も重傷を負って倒れ、捕虜になったのだった。

のちに船坂は『英霊の絶叫——玉砕島アンガウル戦記』（光人社NF文庫）をまとめている。

脳天に衝撃

船坂は宇都宮歩兵第十四師団に所属する軍曹だった。

原隊は関東軍の精鋭として強兵の名を誇った満州チチハルの第二一九部隊である。北満からパラオに転進してきた筋金入りの兵士だった。

戦闘開始十八日目、船坂は鍾乳洞の奥にひそんで、敵の狙撃兵と撃ち合っていた。

敵は退却するとき、味方の死体を戦場に残し、引き揚げて行くのが普通だった。敵の死体のポケットには必ず食べ物があり、腰には水筒があった。

「おい、ルーズベルトの給与だぞ」

船坂はそういつて仲間とわけ合って食べ、喉をうるおした。

洞窟はもう遺体置き場と同じだった。

腹をえぐられた者、腕をなくした者、背中に穴のあいた者、そうした人々は全身をドス黒い血で染め、死ぬのを待っていた。

やがて敵兵は黄燐弾、焼夷弾をまじえて砲撃を加えてきた。黄燐弾は周囲に黄燐をまき散らし、いったん体に付着すると、どこでもメラメラと燃え上がり、皮膚はたちまち重度の火傷になった。

火傷を負った兵士が洞窟の外に飛び出すと、機関銃で、たちまち殺された。

こうした日々に発狂し、崖から谷に身を投じる者も大勢いた。

突然、手榴弾を抱いて自爆する者もいた。

殺すか、殺されるか、あるいは自分で死ぬか、戦争とは、そういうものだった。

米軍は鍾乳洞を地雷や爆薬で埋めにかかった。

相手は三人だつた。

船坂は一人を射殺し、後の二人を斬り込みで倒すと決意した。船坂は足を引きずりながら彼らの十メートルの距離に接近、一人に小銃の照準を合わせ、ズドンと射殺した。

二人の敵がこちらを振り向き、喚声をあげながら自動小銃を乱射した。銃弾が左腕に当たった。船坂はそれでも飛び掛かって夢中で敵に銃剣を突き刺した。

もう一人の兵士が「ウオー」と叫んで、自動小銃を船坂の頭に降り下ろした。

「ガーン」

と脳天に衝撃が走り、船坂は意識を失って昏倒した。

船坂は洞窟に運ばれ、意識を取り戻した。

今度は猛烈に水が飲みたくなった。北部海岸に雨水がたまった場所があるという。

船坂は水筒三個を提げて洞窟をはい出し、つる草のなかを匍匐前進で水場を目指した。

一時間ほどかかって水場に近づいたとき、

「ヘーイ、レッツゴー」

という米兵の声がした。船坂は慌てて草むらに身を伏せ、死人をよそおった。幸い米兵は通り過ぎたので、なんとか水場にたどり着いた。水筒を持ったおびただしい死体が散乱していた。水を汲みにきた日本兵の死体だった。

船坂は慌てて岩陰に隠れて夜を待った。

ようやく夜になった。しかし、どこを探しても水場が見当たらない。仕方がない、海水にしようと思った。岩場から海に向かい、水筒に海水を入れた。

なにげなく顔をあげたとき、真っ黒い物体が目に入った。

「なんだ、なんだ」

一瞬、なんだか分からなかった。それは敵の潜水艦だつた。

パッとサーチライトがついた。その瞬間、周囲に配置された重機関銃が火を噴いた。絶体絶命である。船坂は必死に藪を目指して走った。あと少しというところで左腹部に衝撃が走った。激痛だった。船坂はそのまま意識を失った。

船坂は朝まで気を失っていた。捜しに来た米兵にも気づかれず、千人針で傷口を押さえ、背嚢《はいのう》をかぶせて体に結び付け、洞窟に向かってはい出した。

船坂はどんな状況になっても生き残った。体が頑強だった。化膿にも強い体質だった。これほどの重傷を負ったというのに、また動きだし、今度は米軍キャンプのテントに突入した。テントの周辺には野砲、重迫撃砲、ロケット砲、重機関銃、軽機関銃が山ほどあった。船坂は手榴弾を手にテントに突撃した。

米兵を道づれに自爆するつもりだった。

「ジャップ、ジャップ」

またも敵兵に発見され、銃撃を受け左頸部に激痛を覚え、卒倒した。

気がついたとき、船坂は米軍の野戦病院に収容されていた。

まさに奇跡の連続だった。

神が乗り移ったとしか、いいようのないことばかりだった。

無残な光景

ペリリュー島は空爆と砲撃で地形が完全に変わっていた。

樹木はなくなり、いたるところに戦車や上陸用の水陸両用車の残骸が放置されていた。鉄かぶとや飯盒、水筒、小銃など日本軍のものが散乱していた。

人骨が何層にも重なっていた。

ここはまさしく玉砕の島だった。

「ジャップ、洞窟にまだいる」

と米軍の通訳がいった。まだ戦っているのだろう。もうやめて出てくるべきだと倉田は思った。洞窟のなかは、もう墓場だった。無数の遺骨があった。

一万人が玉砕したのだ。この遺骨を集めて慰霊するには、何年もかかるだろう。誰がどのようにしてそれを行なうのか。倉田は荘然として洞窟に手を合わせた。

生き残った者のやるべきことは山ほどある。いまはなにもできないが、いつの日か、必ずここに戻ってくる。倉田はそう心に誓った。

ペリリューを離れるときは、後ろ髪を引かれる思いだった。

それからヤップのウルシー環礁に立ちより、グアムに上陸した。

ここの収容所には毎日、二、三人の日本兵が連れてこられた。島が大きいので生きている日本兵も多いのだろう。

夜、B29が何十機となく東京に飛び立った。東京空襲である。胸が痛んだ。その轟音は凄まじかった。

やがてハワイに送られた。ここにはイタリアの兵士が大勢いた。ハワイではアンガウルから敵前逃亡した軍医に出会った。同じ隊の田中軍曹、板垣兵長にも出会った。お互い、よく生きていたと驚いた。

人間はどんな状況になっても生き抜く人がいるものだった。

第6章　ペリリュー戦争

島の概観

アンガウル島の隣にあるペリリュー島も悲惨だった。

ここは珊瑚礁に囲まれた南北九キロ、東西三キロのえびの頭のような形をした小島である。

島の中央には大山、水府山を中心に富山、天山、中山、観測山、東山などの丘陵があり、これらの山地には洞窟が数多くあり、一部は断崖絶壁になっていた。

この洞窟に陣地を作れば、半年ぐらいは戦えそうな地形だった。

河川はないが湿地が多く、海岸線には雑木が茂り、一部の海岸にはマングローブが繁茂し、湿地は水深一メートル以下の泥土で、歩行は困難だった。

ここからの敵の侵入はないと思われた。

この島の北方七百メートルのところにガドブス島があり、そこにも飛行機の滑走路があり、東方五十メートルには無名の小島があり、七十メートル離れてコンガウル島があった。このほかガラカヨ島、ガミリッシュ島、ガラコン島などが隣接していた。

島には飛行場があり、飛行場を中心に道路が四方に通じていた。

海岸は飛行場に近い西浜が水深一メートルないし二メートルと浅く、障害物はなく上陸は容易だった。西岬にある北浜は南の部分には断崖と湿地だった。このため船艇の走行は困難だったが、砂浜なので上陸は可能だつた。

中崎と南島半島は断崖で、上陸は困難だった。

ここはアンガウルよりも長期にわたって抵抗し、戦後二年間、洞窟に籠って生き抜いた兵士がいた。

倉田はこの二十年、遺族を案内し、何度もこの島を歩いた。

今回も私を隅から隅まで案内してくれた。

飛行場は千二百メートルの滑走路が二本あり、いまでもときおり、飛行機が降りる。

「いまは、きれいになりましたが、かつては、島全体に兵器が散乱していました」

と倉田がいった。

本土攻撃の前線基地

太平洋戦域の総司令官チェスター・ニミッツ提督は、日本本土の攻略を最終目標として、着々と戦いを進めていた。

パラオ諸島の攻略は回り道に過ぎないという意見もあった。島伝いの戦闘は犠牲が多すぎるためだった。しかしニミッツ提督は日本本土の爆撃の前線基地としてパラオは欠かせないと判断した。

中心は飛行場のあるペリリュー島である。

日本軍の守備隊は陸軍が六千人前後、海軍が三千人、計約一万と踏み、米軍は二万人の海兵隊をここにあてることにした。

ペリリュー攻略を命ぜられた第一海兵師団はガダルカナルに近い島で訓練を行なった。火炎放射器、バズーカ砲、爆薬、対戦車砲、機関銃、小銃などの射撃訓練、掩蔽壕《えんぺい》に対する突撃訓練、日本軍の万歳突撃に対処する方法、歩兵と火器部隊との戦闘調整、戦車と歩兵の戦法に重点がおかれた。

しかし訓練期間は短く問題が多々あった。

輸送船や揚陸艦を使った上陸訓練ができなかった。

戦車が三十台と少なく、日本軍のトーチカを粉砕するには足りなかった。

艦砲射撃と空爆でいかに日本軍の陣地を叩くかが大きなポイントだった。ともあれ十日前後で制圧できると計算し、食糧三十二日分、医薬品三十日分、飲料水五日分、衣服二十日分、燃料二十日分を陸揚げすることにした。水は現地調達である。日本軍は補給がないので、長

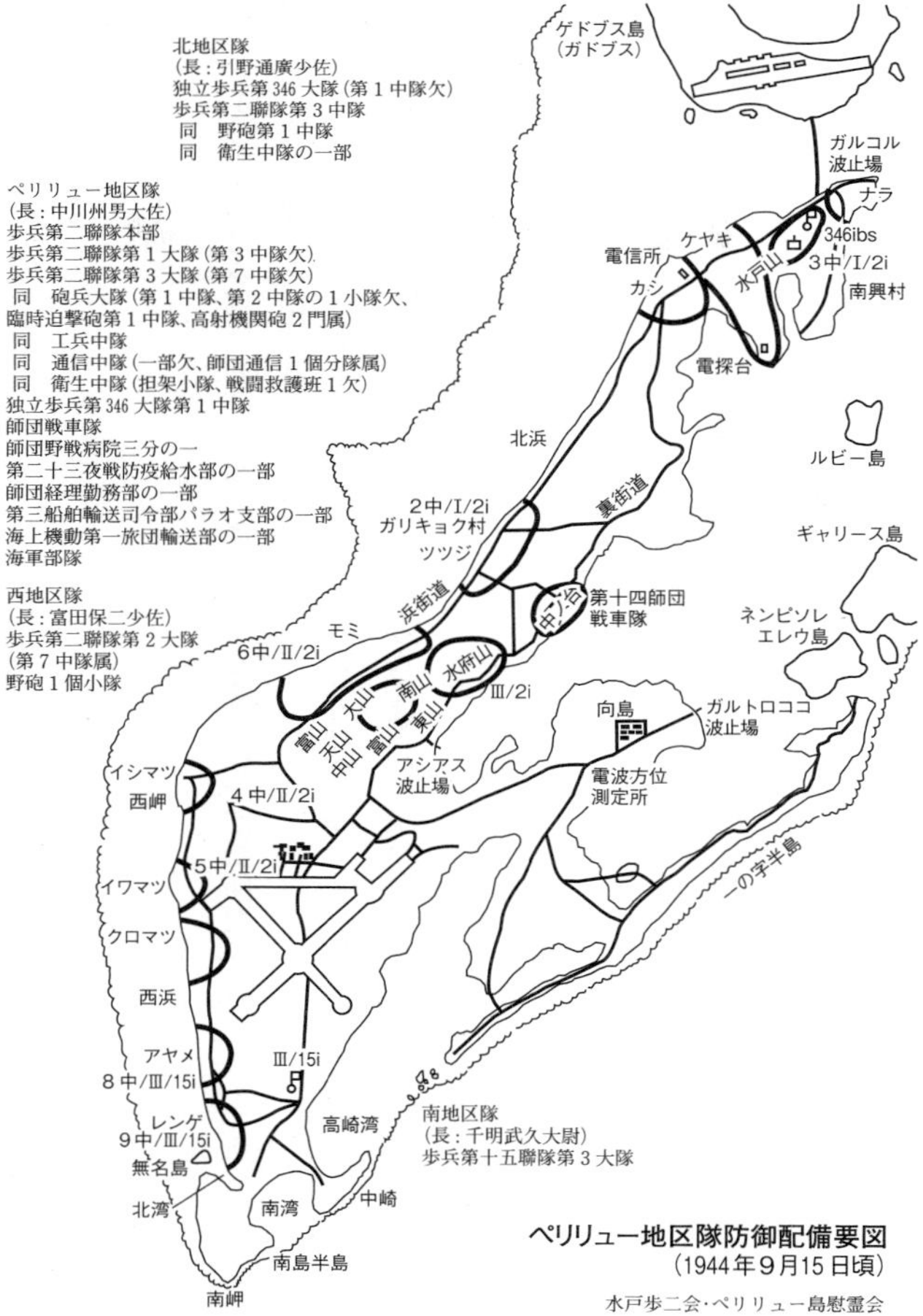
北地区隊
(長：引野通廣少佐)
独立歩兵第346大隊(第1中隊欠)
歩兵第二聯隊第3中隊
同　野砲第1中隊
同　衛生中隊の一部
ペリリュー地区隊
(長：中川州男大佐)
歩兵第二聯隊本部
歩兵第二聯隊第1大隊(第3中隊欠)
歩兵第二聯隊第3大隊(第7中隊欠)
同　砲兵大隊(第1中隊、第2中隊の1小隊欠、
臨時迫撃砲第1中隊、高射機関砲2門属)
同　工兵中隊
同　通信中隊(一部欠、師団通信1個分隊属)
同　衛生中隊(担架小隊、戦闘救護班1欠)
独立歩兵第346大隊第1中隊
師団戦車隊
師団野戦病院三分の一
第二十三夜戦防疫給水部の一部
師団経理勤務部の一部
第三船舶輸送司令部パラオ支部の一部
海上機動第一旅団輸送部の一部
海軍部隊
西地区隊
(長：富田保二少佐)
歩兵第二聯隊第2大隊
(第7中隊属)
野砲1個小隊
ゲドブス島
(ガドブス)
ガルコル
波止場
ナラ
346ibs
ケヤキ
電信所
水戸山
3中/I/2i
カシ
南興村
電探台
北浜
ルビー島
裏街道
2中/I/2i
ガリキョク村
ツツジ
ギャリース島
浜街道
中ノ台
第十四師団
戦車隊
ネンピソレ
エレウ島
モミ
6中/II/2i
水府山
南山
大山
東山
III/2i
向島
ガルトロココ
波止場
富山
天山
中山
富山
アシアス
波止場
イシマツ
西岬
4中/II/2i
電波方位
測定所
5中/II/2i
イワマツ
一の字半島
クロマツ
西浜
アヤメ
III/15i
8中/III/15i
レンゲ
9中/III/15i
無名島
高崎湾
南地区隊
(長：千明武久大尉)
歩兵第十五聯隊第3大隊
北湾
南湾
中崎
南島半島
南岬

ペリリュー地区隊防御配備要図
(1944年9月15日頃)

水戸歩二会・ペリリュー島慰霊会

期間の戦闘が不可能である。

そう問題はないという判断だった。

第十四師団

パラオ諸島の日本軍は通称「照」と呼ばれる陸軍第十四師団だった。

満州から転陣した精強部隊である。

ペリリュー島は第二連隊が担当した。日本軍守備隊長の中川州男《くにお》大佐は西浜と東海岸から敵が上陸すると判断し、西浜を中心に強力な海岸陣地を構築した。

ここに配備されたのは次の部隊だった。

守備隊
陸軍
地区隊長　歩兵第二連隊長・中川州男大佐
第十四師団幕僚　村井権治郎少将
西地区隊　歩兵第二連隊第二大隊　富田保二少佐
南地区隊　歩兵第十五連隊第三大隊　千明武久大尉
北地区隊　独立歩兵第三百四十六大隊　引野通廣少佐

直轄
歩兵第二連隊第一大隊　市岡英衛大尉
歩兵第二連隊第三大隊　原田良男大尉
歩兵第十五連隊第二大隊　飯田義栄少佐
第十四師団戦車隊　天野国臣大尉
歩兵第二連隊
砲兵大隊　小林与平少佐
工兵中隊　五十畑貞重大尉
通信中隊　岡田和雄中尉
補給中隊　阿部善助中尉
衛生中隊　安島良三中尉
海上機動第一旅団輸送隊の一部　金子啓一中尉
第十四師団通信隊の一部
第十四師団経理勤務部の一部　山本孝一少尉
第十四師団夜戦病院の一部　大矢孝麿中尉
第二十三野戦防疫給水部の一部
第三船舶輸送司令部パラオ支部の一部　有園耕三大尉

　　　　計、推定六千百九十二人

海軍

西カロリン航空隊司令　大谷龍蔵大佐
西カロリン方面航空隊ペリリュー本隊
第四十五警備隊ペリリュー派遣隊
第三通信隊の一部
第二百十四設営隊
第三十建設部の一部
南西方面海軍航空隊の一部
第三十工作部の一部
第三隧道隊
特設第三十三、第三十五、第三十八機関砲隊

　　　計　三千六百四十六人

　　総計　推定九千八百三十八人（前掲『戦史叢書』）

これらの部隊がペリリュー島の守備についた。アンガウルの千二百に比べれば、大軍だった。

「万歳突撃は行なわない。最後の一兵になるまで、戦うのだ」

と中川は訓示した。サイパン陥落の反省を踏まえ、万歳突撃は避け、島の内部に地下陣地を構築、ここで持久戦に出る戦法がとられた。

具体的には、第一に敵を水際で粉砕撃滅する、第二に島全体を難攻不落《なんこうふらく》の要塞にすることだった。

構築する掩蔽壕はすべて百キロ以上の砲弾に耐えられるものとし、指揮所、観測所、無線電信所は一トン爆弾にも耐えられる構造にした。兵士は日々、陣地構築と迎撃訓練に汗を流した。

全島が固い石灰石なので、材料には不自由しなかったが、ハンマー、ダイナマイトが不足し、作業は困難を極めた。

海兵団入団時の土田喜代一

現在も掩蔽壕がいくつも残っており、私は倉田の案内で見て回ったが、かなり頑丈に作ってあり、兵士の苦労がしのばれた。
その合間をぬって対戦車攻撃、鉄条網破壊、爆雷攻撃、夜間斬り込みなどの訓練が行なわれた。
ここを守った兵士の一人、土田《つちだ》喜代一《きよかず》元海軍二等兵曹は、九州筑後市で元気に暮らしていた。土田もまたパラオ戦の貴重な証人だった。

「非常にお元気な方で、何度かペリリューにお見えになりました。この島の戦争のことならなんでもご存じの方です」

と倉田がいった。

土田元海軍二等兵曹の証言

土田は福岡県筑後市の出身である。以前は八代郡泉田村といい、戦後合併して筑後市になった。

生家は荒物店を営み、佐世保海軍工廠《こうしょう》の技能学校で旋盤を学んだ土田は、軍艦や戦車の部品を作っていた。昭和十八年一月十日、そこから補充兵として佐世保海兵団に入団した。当時二十四歳だった。体が頑丈で元気のいい若者だった。

水泳が得意だったので海軍を志願したが、水兵にはなれなかった。水兵になっていれば、どこかの海戦で戦死していたであろう。人間の運命は分からないものだ。

土田は実習部隊として博多海軍航空隊に配属になり、その後、横須賀海軍航空学校見張科に進み、鹿屋航空隊に配属になった。

時の佐世保鎮守府司令長官は南雲忠一中将だった。ミッドウェーで惨敗した南雲は、ここにいたのである。

「えらい方ですからお目にかかったことはありませんでした」

と土田がいった。

土田の役目は目視で敵機の襲来をキャッチすることだった。曇りの日もあれば、雨の日、雪の日もある。夜もある。夜は神業に近かった。じっと目を凝らして空を見つめた。

昼夜を問わずの猛訓練で、外出は月にたったの一回だった。燃えていたので、苦労はなかった。当時の若者は皆、そうだった。なにせ海軍は月月火水木金金だった。つまり土曜も日曜もなかった。階級も二等兵から一等兵に昇進した。

昭和十九年二月下旬、土田は駆逐艦に乗艦、空母「千代田」を護衛しながら一路サイパンに向かった。サイパンに着いたら即、空襲である。

敵機を眼前に見て、これが戦争だと思った。

訓練と違って敵機は爆弾を落とし、機銃掃射を加えてくる。恐ろしさで身が縮んだ。

翌朝、テニアンに向かった。

テニアンには第一航空艦隊の本部があり、土田は飛行場の戦闘指揮所の屋上に張り付いた。突然、上空にＢ24が襲来した。

戦闘開始のサイレンが鳴り、零戦が飛び上がった。この日、守備隊はＢ24二機を撃墜し、六人の米兵を捕虜にした。うち一人は女性の通信員だった。

「女も戦うのか」

とびっくりした。捕虜がどうなったのかは分からなかった。

土田の配置は、戦闘指揮所の屋上での見張りである。

「敵機は一機も見逃すまい」

と空や海を見て視力を鍛えた。

屋上の見張り所はコンクリートの厚さが七十センチあった。機銃は二十ミリ、七・七ミリのものがそれぞれ一基ある。防空壕は七十メートル離れたところにあり、カマボコ型の防空壕の頂上には、珊瑚礁に岩石を二メートルも積んであった。

ペリリューに転進

六月七日、ペリリュー島に転進した。

所属は一式陸攻を擁する松本中佐率いる航空部隊である。

初めて飛行機に乗って、パラオの島々を空から眺めた。

「美しいなあ」

土田はこのときの印象をいまでも覚えていた。

夜十時ごろか十一時ごろに、定期便のようにＢ29が飛来した。

Ｂ29ははるか上空を飛ぶので、機銃はなんの役にも立たない。

午後二時ごろ、つるしておいた酸素瓶がカンカンと鳴った。

敵機襲来である。

「退避、退避ッ」

皆が防空壕に走った。

土田は一瞬、出遅れて飛び出した途端にドドドーンときた。

地べたに伏せて目を閉じ、耳を両手でふさいだ。次から次へと爆弾が落ちてくる。

爆音とともに大きく揺れた。二分ほどたっただろうか、音がやんだ。目を開いたら砂煙がもうもうと立っている。なんと土田は無傷だった。

土田は慌てて防空壕に走った。

辺りに死体が散乱していた。

先に出た七人だった。蜂の巣のように鉄の破片が体全体にめり込み、全員、即死だった。

生と死はまさに紙一重だった。一緒に飛び出していれば土田もあの世行きだった。

土田は自分には、つきがあるなと感じた。しかし生きて帰れるとは思わなかった。

六月中旬、米軍のサイパン上陸の報が入った。続いてテニアン上陸、グアム上陸と続き、パラオ上陸は時間の問題だった。

「いよいよ来るか」

土田は身震いした。

グラマンF6F

昭和十九年九月二日、突然、二百機のグラマンF6Fがペリリュー島を襲った。二十機編隊で、入れ替わり立ち替わり爆弾を投下した。

守備隊も対空砲火で応戦したが、飛行機は速いので、簡単に落とせるものではない。いつも歯ぎしりして敵の飛行機をにらんだ。

その三日後である。

「オーイ見張りッ、グアム方面から空母四隻が当方面に近づいている。見張りを厳重にせよ」

と当直将校が叫んだ。

七時を過ぎたころ、薄暮の雲のなかをカーチスSB2C艦上偵察機が飛来、夜明けとともに、グラマンの大編隊が殺到した。

守備隊の海軍機銃、機関砲、陸軍の高射砲が一斉に火を噴いた。しかし、とてもかなわない。飛行場の滑走路は見る間に穴だらけとなり、機銃の銃座も銃撃され、三人が死んだ。

爆弾が破裂する爆裂音、機銃や高射砲の発射音、飛行機の爆音が入り乱れ、耳が聞こえなくなった。恐怖で頭がおかしくなる。とても見張るどころではない。

「わあああ」

土田はおもわず叫んだ。気がふれる人も大勢いると聞いてはいたが、正常でいる方がおかしいくらいだった。

爆撃は夕方まで続いた。そのときダダーンと音がして、周囲の椰子の木が吹き飛んだ。

「なんだ、なんだ」

土田は周囲を見渡した。それは艦砲射撃だった。見張りはなんの役にも立たなくなる。見張り一同、山麓の海軍内務班の洞窟へ大急ぎで駆け込んだ。

九月十三日、朝から物凄い艦砲射撃が始まり、それに空爆が加わった。

見る見るうちに大木は吹き飛び、山肌は裸と化した。

観測機のパイロットが顔の見えるほど降下してきて写真を撮った。

「ちくしょうめ」

だめだと分かっていても小銃を撃ち続けた。十四日も空爆、艦砲射撃が続いた。

「上陸が近いぞ」

古参兵がいった。

海は真っ黒

十五日、目の前の海は護衛空母、戦艦、巡洋艦、駆逐艦、輸送船、上陸用船艇など五十隻余の大船団で埋め尽くされた。海は軍艦で真っ黒である。

艦載機は三日間で五百トンの爆弾を落とした。砲弾は五万発に達していた。

飛行場周辺は空爆と艦砲射撃で、建物という建物は完全に破壊された。

山岳も畑もすべて変形させ、樹木も吹き飛び、すべて丸裸になった。全滅と思えるほどの爆弾、砲弾の投下だった。

「これはもうだめだ」

と土田は思った。

島は完全に変形してしまった。

十五日朝六時、米軍は上陸を開始した。

三日で占領すると豪語したのは第一海兵師団のリュパータス少将である。

率いる兵団は四万五千人、土田が数えると敵艦隊は戦艦四、巡洋艦四、駆逐艦数隻、輸送船多数、五十隻以上あった。

突然、ドドーンと水柱がたった。敵の先鋒が機雷に触れたのだ。

「やった、やった」

土田は喚声をあげた。

日本軍も捨てたものではない。土田はにわかに元気を取り戻した。

土田はペリリュー島から生還した三十四人のうちの一人で、戦後『終戦を信じず二年半抗戦を続けた生存兵の手記――太平洋パラオ諸島ペリリュー島の玉砕』という冊子をまとめた。

筑紫郷土史研究会の山口光郎副会長が全面的に協力してくれて三十部を印刷し、仲間に配った。それも手元の一冊しかなくなった。

「私はフィクションが大嫌い、事実を書きつづり、山口さんにまとめてもらった」

というだけに、土田の記述は迫真に富み、戦闘の恐ろしさをまざまざと見せつけるものだった。

戦闘指揮所での見張りの仕事はなくなり、土田は陸戦隊に編入され、棒地雷を渡され敵の戦車に突っ込むよう命じられた。しかし、そう簡単に戦車に突っ込むことはできない。

戦闘訓練を受けなかった土田らは、足手まといになるだけなので、鍾乳洞に引き揚げた。

地雷原

海岸線にへばり付いていたのは、満州からきた精鋭部隊だった。

そのなかに飯島栄一上等兵がいた。

飯島は戦友と二人で、小さな蛸壺のなかに、擲弾筒と小銃を抱いて、じっと息を殺していた。そこは敵が上陸すると思われる西海岸の直径一メートルほどの蛸壺である。

茨城県生まれの飯島は昭和十六年、二十歳そこそこで新兵として水戸歩兵第二連隊の営門をくぐった。わずか一週間で満州に送られた。着いたところは北満の嫩江《のんこう》という小さな町だった。ここで三年を過ごし、昭和十八年からは、日露国境の警備に当たった。

この部隊は歩兵第十五連隊（高崎）、歩兵第五十九連隊（宇都宮）とともに第十四師団の基幹兵力だった。

南方に転属となりペリリューに来たときは、あまりにも小さな島なので、がっかりした。ここで激烈な戦闘が起こるなどとはつゆ知らず、飯島はのんびりと砂浜に寝ていた。ところが蚊に攻めたてられて眠れない。そこで掘立小屋を建て、椰子の葉で屋根をふき、パラオ流の住まいを作った。魚が豊富で、食べ物には不自由しなかった。

まもなく陣地の構築作業が始まり、地雷を何重にも埋設した。

「随分、頑丈に作るものだ」

となかばあきれた。そこに雲霞《うんか》のごとくに米軍が押し寄せてきた。

直撃弾を受けたらおしまいである。

頭の上に土石や木の枝がバサバサと降りかかってくる。

いつ吹き飛ばされてもおかしくなかった。

前方の珊瑚礁には二重、三重に地雷を埋め込んでいた。

海岸には隆起した高い珊瑚礁があり、その周辺は蜂の巣のように、洞穴や断崖、凸凹な海面になっていた。そこに三百個の地雷を埋め込んだ。

そして地雷原の周囲には五つの水際陣地があり、そこにはイシマツ、イワマツ、クロマツ、アヤメ、レンゲのトーチカがあった。

なかには厚さ二メートル、鉄筋コンクリートづくりのトーチカもあった。

そこの天井は一メートルの厚さがあり、直撃弾にも耐えることができた。

北と南のトーチカには速射砲と榴弾砲が配置され、両翼から十字砲火を浴びせる構造になっていた。

五つの陣地からは一分間に五百発の砲弾を浴びせることができた。

ここにはまったら最後、地獄の底に突き落とされることは間違いなかった。

さらに後方の山岳地帯より大口径の榴弾や迫撃砲弾が真上から落下する仕組みになっていた。

「さあこい」

飯島は自分に気合いを入れた。

上陸用舟艇が白波をけたてて浜辺に迫ってきた。

敵の大きな艦艇には悪魔のような黒い何本もの砲身がゆっくり上下左右に動くのが見えた。

動きが止まった瞬間、灰黒色の煙とともに閃光がひらめき、轟然と砲弾が飛んで来た。

地獄の海岸

次の瞬間、轟音とともに火花が上がった。

地雷原が火を噴いたのだ。

舟艇が次々に火を噴き、横転する姿が見えた。

「ざまあ見ろッ」

日本軍兵士は絶叫した。

米軍は大きくつまずいた。

「助けをよこせ」

「これは地獄だ」

揚陸指揮艦に悲鳴がガンガン入ってくる。

米海軍第一海兵師団のリュパータス少将は「やられた」と青ざめた。

米軍は陸海あわせて兵力四万八千人、小銃四万丁、軽機関銃千四百丁、迫撃砲、曲射砲など火砲七百門、戦車百七十台、ほかにロケット砲も持ち込んだ。

これでいいというわけではないが、十分の量に思えた。

午前六時、大型の輸送船から上陸用舟艇三百隻を下ろし、艦砲射撃の援護のもとに、南西海岸に向かわせた。そこまでは順調だった。

上陸地点は、フロッグマンを使って十分に調べた。

地雷や機雷など爆発物は見つかっていない。上陸作戦は成功疑いなしだった。

ところが、それは完全に間違っていた。

米軍は上陸にあたって空中写真を撮り、綿密に分析し、日本軍の仕掛けを見破ってきたが、

昭和19年9月15日、ペリリュー島の海岸に突進する米上陸部隊

イシマツ陣地の前方には高さ九メートルもの珊瑚礁があり、これがカムフラージュとなっていて地雷原に気がつかなかった。フロッグマンの調査は甘かった。

奥深く潜入せず、沖合で引き揚げていた。

それにしても空爆と艦砲射撃で、すべての陣地を叩きつぶすだけの爆弾と砲弾を浴びせたはずだった。しかし日本軍はこれに耐えて待ち伏せしていたのだ。

大半の水陸両用車は地雷原で爆破され、水際をかろうじて突破した車両には、イシマツ陣地、イワマツ陣地、クロマツ陣地から一斉に砲撃が加えられ、それらの車両は轟然と火を噴いて横転した。

これらの陣地には装甲貫徹力にすぐれた五門の自動火器が備わっていた。

一式機動四十七ミリ砲は、射程距離六千九百メートル、一分間に二十発を敵に撃ち込むことができた。

九八式高射機関砲は、射程距離二千メートル、一分間に百二十発発射できた。これらが火を噴き、米軍の車両を粉砕した。

ドーンと火花が上がり、米軍の車両が横転する様は、痛快だった。

米軍は日本軍守備隊の罠にはまり、もう前にも後ろにも進めない。

上陸部隊は大混乱に陥った。

「ひるむな、すすめ、すすめッ」

指揮官は絶叫した。それしかなかった。

こうしたなかで大型のシャーマン戦車だけは頑強だった。そこを最初に突破し、上陸した。日本軍はそのことも計算に入れていた。

海岸に戦車壕を作っていた。大型機械がないためスコップとモッコで直径五メートル、深さ三メートルの壕を掘った。

戦車の落とし穴である。何台かがそこにはまって動けなくなった。後続の戦車はそれを見て立ち往生した。水陸両用車六台も壕の前に立往生した。

これを見た西地区隊工兵第三小隊は、ただちに軍用犬を放って天山付近の砲兵陣地に連絡した。一匹目は行方が分からなくなったが、二匹目が連絡に成功して五、六分後に戦車壕に対し集中砲撃が加えられた。

中川大佐は、天山の斜面に洞窟砲台を築いていた。

これらの山岳地帯には推定で火砲十七門、機関砲二十七門、榴弾砲四門、野砲四門、さらに海軍の火砲四十門、機関砲百三十八門、他にロケット砲、大口径の迫撃砲など秘密兵器を配備していた。野砲や榴弾砲を斜面の洞窟に隠し、発射するときは扉を開けて撃ち、すぐ引っ込める。鉄製のドアには迷彩色が施してあった。

さらに洞窟の谷あいには迫撃砲を配置した。迫撃砲は空に向かって発射、敵の頭上に山なりに砲弾が落下する。

これらが一斉に砲撃を開始した。

耳をつんざく大轟音である。

米軍は地獄の底に叩き込まれた。

兵士は吹き飛んで五体バラバラに周囲に散乱した。

死体の山、山、山だった。青い海は血でオレンジ色に変わった。

「助けてくれ」

「衛生兵をよこせッ」

悲痛な声や無線がとびかった。

天を揺るがす砲撃である。

米軍という巨象が蟻の軍団に攻撃され、のたうち回っていた。

戦車は火を噴いて擱座《かくざ》し、日本軍は、絵に描いたような大勝利を得た。

ムシの息の重傷者があお向けに倒れ、助けを求めていた。

もうもうたる砂煙が折からのスコールで消え去ったところ、珊瑚礁では米兵のほとんどが全滅していた。

米軍の大反撃

中川隊長から敵撃退の電報が、パラオ本島の司令部に着信した。

「やった、やった」

司令部に歓声がわき上がった。

米軍は緒戦で上陸用舟艇六十数隻、シャーマン戦車三台、水陸両用車両二十六両を粉砕され、兵員千人が死傷した。

だが中川大佐の表情は暗かった。

日本軍には弾薬の備蓄がないのだ。

海岸線からは弾薬の補給を求める悲痛な叫びが入ってきたが、応えるすべはない。

それを見越したように米軍は大反撃に出た。猛烈に戦車砲、ロケット砲、ライフルを乱射した。これは凄い威力で、飯島の周辺にいた百五十人の友軍兵士は五十人に減った。弾薬が切れ、陣地はなんの役にも立たなくなった。

補給がない日本軍はまたも万歳突撃しかない。悲しい運命だった。

私はこれらのトーチカを一つ一つ見て回った。

倉田はトーチカの前でいった。

「いくら頑張っても補給がない。これでは戦いようがない。せめて飯を食わせてくれ、砲弾を運んできてくれたら、そうやすやすとは負けませんでしたよ」

「そうですね」

私は兵士たちのつらい気持ちが理解できた。いくら禁止されたとしても、残された道は万歳突撃である。

西海岸では三回の突撃で皆、体のどこかを吹き飛ばされて、戦死した。

飯島の部隊は大隊長を除いて将校が皆、戦死したので、軍曹が指揮を執った。

石まで投げる

一回目の強行上陸作戦で大きな犠牲者を出した米軍は、西地区と南地区の正面を避け、その端から隙間をついて上陸作戦を敢行した。それは実に素早い対応だった。

日本軍はすべての海岸に、地雷を敷設したわけではなかった。

これは防ぎようがなかった。

飯島は、突然現われた敵兵を見て、奴らは一体、どこから現われたのかと仰天した。

生きるか死ぬかだ。飯島は歯を食いしばって銃を撃った。弾を込める暇がなくなった。腰から素早く手榴弾を抜いて叩き付けた。やがて銃弾も手榴弾も切れた。

「わあああ」

士官は軍刀を振りかざし、兵は銃剣を手に突撃した。飯島の目の前で全員が蜂の巣のように体に穴を開けられ殺された。

海辺からは水陸両用戦車が続々と上陸してくる。

「爆薬をもってこいッ」

分隊長が叫んだ。飯島は砂山をかけあがって爆薬をとり、持って来た爆薬五キロ詰めに点火して、椰子の葉陰に迫った戦車めがけて叩き付けた。

ドーンという天地を覆す爆音とともに戦車が動かなくなった。

このとき椰子の葉陰から迷彩服の兵士が飛び出してきた。敵の海兵隊員だ。飯島は咄嗟に銃剣を投げ付けた。銃剣が敵兵の腹に突き刺さり、異様な叫びとともに、男はのめり込んだ。米兵も強かった。ひるむことなく、次々に向かってくる。

その間も、敵は沖合の戦艦や砲艦から間断なく山岳の陣地に砲撃を浴びせ続けた。

朝の上陸作戦の失敗にこり、今度は朝の数倍の猛攻である。

砲弾の下をかいくぐり、迷彩服を着た海兵隊の兵士がにじり寄ってくる。ヤンキーは根性がないなどといったのは、どこのどいつだ、とんでもない話だった。

イワマツ、イシマツ陣地にも敵が迫ってきた。

陣地の背後に回って手榴弾を投げ込んできた。

手榴弾の投げあいになった。手榴弾は発火するまで少し間がある。

日本兵は石を拾って投げた。

正午を過ぎたころ、左側から集中砲火を浴びた。そこは日本軍の第四中隊が立てこもっていた陣地である。これはなにかの間違いだと、皆が思った。

一人の兵士が日の丸の旗を銃剣に巻きつけ振り回した。それでも撃ってくる。

「全滅したんだ」

と誰かが叫んだ。米軍に陣地を奪われていたのである。こうなったら突撃しかない。

「突撃だ、突撃だ」

日本兵は敵陣に突進した。その都度、兵は殺され、五十、三十、二十人と減る一方である。

ついに浜辺は支えきれなくなっていた。

飯島は生き残っていた。後方にさがって飯を炊き、この日、初めて飯を口にした。この夜はどこでどう寝たのか分からない。

樹木の陰で死んだように眠った。

ある狙撃兵の証言

第二大隊第五中隊の程田弘上等兵は狙撃兵である。

程田は海岸線にあるコンクリート製のトーチカに身を潜め、穴のなかから弾が続く限り撃ちまくった。このトーチカも厚い壁におおわれ、艦砲の直撃弾を受けても耐えられる設計になっており、速射砲を持っていた。

程田はトーチカの小さな穴から前方を凝視し、前方から押し寄せる米兵を銃撃した。人間は一点に集中すると、ほかは見えなくなる。

何時ごろだったか、気がつくと米兵の姿が見えない。第一波の攻撃を撃退したに違いなかった。穴を飛び出してみると、黒人兵が数えきれないほど死んでいる。なかにはまだ息のある兵士もいた。起き上がって拳銃を向けてきた者もいた。

傷ついて椰子の木陰に隠れていた兵士もいた。

兵士は程田を見ると、両手で拳銃を持ち、撃とうとした。撃たなければ殺される。程田は引き金を引いた。

相手はあお向けに倒れた。殺したくはなかったが、戦場では殺すか殺されるかだ。躊躇は許されなかった。

海岸に出て見ると、敵と味方が白兵戦を演じていた。機関銃や小銃で激しく撃ち合い、弾が切れると、石を投げた。

そのとき、ゴーと音がして敵のシャーマン戦車が現われた。

慌ててトーチカにかけ戻った。戦車が動き回ったため砂浜の形がどんどん変わり、トーチカの窓からは、敵の様子が見えなくなった。これではだめだと程田は速射砲を高台に運びあげ、敵の戦車を狙い撃った。

ドカンと撃つと敵の戦車はボンと音を立てて火を噴き、次々に擱座した。

そのとき、スコールがやってきて、なにもかも見えなくなった。スコールが通過し、浜辺を見ると、硝煙と火薬のにおいがし、敵味方双方の死体が周囲一面に横たわっていた。

どう見ても米軍の迷彩服が多かった。日本軍はまぎれもなく米軍の第一波攻撃を撃退したのだ。程田の奮戦は月刊沖縄社刊『太平洋戦争写真史』に詳細な記述がある。

だが続々と米軍が攻め寄せてくるのは、ここも同じだった。

勝利は一瞬でしかなかった。程田は後方に退くしかなかった。

軽戦車突撃

夜明けとともに戦闘が始まった。大隊長の富田少佐が残存兵を率いて抗戦していた。

続々と上陸用舟艇はあがってくる。何隻も何隻も白波をけたてて押し寄せる。

手榴弾がなくなり、飯島も石を投げ付けた。そのときである。

日本軍の軽戦車が敵陣に突進していった。

日本軍は十七台の戦車を飛行場の陰に隠していた。これは中川大佐の反撃作戦の一つだった。戦車の砲塔の周囲にはロープが巻き付けられ、反撃斬り込み隊が、戦車にまたがっていた。飯島が目撃したのは、そのなかの一台だった。

米軍は対戦車砲と無反動砲を海岸の陣地に並べており、鉄板の厚さがわずかに二十ミリの軽戦車は、問題外だった。

軽戦車はたちまち敵の無反動砲の餌食となり、轟音とともに吹き飛ばされ、兵士はばらばらになって空中に舞った。

「畜生、いくぞ」

工兵隊の兵士が、爆薬を抱いて敵の戦車に突進した。

そのとき敵戦車の砲身がこちらを向いた。

ドンと閃光があがり、大胆な動作で指揮していた古参兵が飛ばされた。

破れたズボンから肉片が飛び出し、真っ赤な血が噴き出している。敵は目の前まで攻め寄せてきた。このままでは全員、玉砕である。周囲は死体の山だ。ラッパ手も撃たれて倒れた。

「全員、富山に撤退せよ！」

富田少佐が絶叫し、自分は軍刀を抜いて突撃していった。

少佐はたちまち銃撃の的になり、もんどりうって倒れた。

ペリリュー島の戦いで米軍に撃破された日本軍の軽戦車

茨城県下館の人で、結婚二年目、まだ三十一歳の若さでの死だった。

あちこちで、「殺してくれ、殺してくれ」と傷ついた戦友が叫んでいた。

生き残った者がワーッと叫んで銃剣で刺した。

日本軍の海岸陣地は二日目で壊滅した。

米軍は最終的には三万人以上の兵を上陸させ、海岸は完全に米軍が制圧した。

飯島は泣きながら夢中で逃げ、敵の追撃を避けながら、飛行場に近い防弾兵舎に飛び込んだ。ここは海軍が魚雷を貯蔵するために作った倉庫である。

入ってみて驚いた。何十という遺体が折り重なり、血と肉と土煙でもうもうとしていた。突撃を敢行した千明大隊の隊員たちだった。

米軍は戦車を先頭に、飛行場の南東端に迫った。

飛行場は敵の戦車に取り巻かれ、グラマン戦闘機が斜め上空から機銃を浴びせて来る。飛行場の建物は艦砲射撃によって、セメントの壁が撃ちぬかれ、そこにまたも砲弾が飛び込んで来る。飯島はどうしていいか分からなかった。

「あの戦車を撃てッ」

指揮官が怒鳴るが、機銃と小銃だけではどうにもならない。

ここにいては全滅だ。もはや退避するしかない。

飯島らは戦車の間をすり抜けて、山岳地帯を目指して脱出した。

ハント大尉の証言

第一海兵師団、第一連隊第三大隊K中隊の中隊長ジョージ・P・ハント大尉はかつて雑誌記者だった。

ハント大尉の中隊は六十ミリ迫撃砲と司令部直轄補給隊の一部からなる司令部付属の一個小隊と、第一、第二、第三のライフル三個小隊と機関銃一個小隊で、人員は二百三十五人だった。

上陸用舟艇が海岸線に近づくにつれて、隊員は饒舌になったり無口になったりした。

中隊の任務は島の飛行場の確保である。飛行場を確保すれば、マッカーサーがフィリピンを攻撃する際に、大きく役立つはずであった。

戦闘は数日で終わると聞かされていた。

上陸ポイントはビーチホワイトと呼ばれた海岸の突き出た部分で、写真を頭に叩き込んでいた。

航空写真では、前方の珊瑚礁に障害物や二個のトーチカが明瞭に写っていた。

海軍が徹底的に砲撃を加えたので、日本軍は洞窟に撤退しているはずだった。

隊員はたいてい二十歳以下の若者で、

「日本兵をやっつけて、はやく家に帰りたい」

と語る生真面目な男たちだった。兵士は全員、この戦闘はすぐに片づくと考えていた。いよいよ上陸作戦開始である。夜明けから雲一つなく晴れ、海面にはキラキラと三角波がたっていた。

水陸両用戦車がエンジンを起動し、前進を始めた。

K中隊は少し遅れての発進だった。先鋒部隊はとうに上陸しているはずだった。

巨大な魚のような水陸両用車が、陸地に向かって突進した。

海岸は黒煙と水しぶきと砂塵でなにも見えない。

急降下爆撃機が洞窟地帯に向かって突っ込んで行く。何千発ものロケット弾が島全体に撃ち込まれていた。

海岸から五十メートル、日本軍の迫撃砲弾はガンガン飛んで来る。機関銃の高く鋭い音も聞こえる。

大地を揺るがす炸裂音、榴散弾がうなりをあげて落下する。

味方が激しくやられていた。

すべては神に祈るしかなかった。地雷に乗り上げれば、一巻の終わりである。砲撃を食らえば、舟艇がひっくり返るだろう。

しかしなんという奇跡だろうか。

K中隊は幸いにも地雷原から外れ、迫撃砲の砲撃を免れ、海岸にたどり着いた。

そこで見たものは血みどろの白兵戦だった。包帯や血だらけの重傷者が砂浜に横たわり、歯を食いしばり、苦痛にうめきはいずり回っていた。

海軍の砲撃はほとんど効果がなく、日本兵はしぶとく頑張っていたのである。

ビーチは巨大な墓場と化していた。

日本軍の兵士も多かった。

死体は波に洗われ、砂浜は血で真っ赤に染まっていた。はるか先の珊瑚礁にも、日本兵の死体がただよっていた。

周辺の窪地には死んだ日本兵が四層にも重なっていた。

顔を硬直させ、歯をむき出して大きく口を開けている死体もあった。

ペリリュー島の海岸で水陸両用戦車とともに戦闘中の米海兵隊員

苦痛のあまりうめきもだえている者、体をひんまげ、あるいは不気味な死に様を見せた兵隊、内臓がはみだし、体の半分以上を引きちぎられた者もいた。

一人の米軍兵士は四人の日本兵の死体に取り巻かれて、戦死していた。別の一人は頭を銃弾に撃ちぬかれ、うつぶせに倒れながら両腕を掩蓋トーチカの方にのばしていた。

そこには五人の日本兵が機銃の上に折り重なって死んでいた。

手足がもぎとられ、銃弾で蜂の巣のようになった死体もあった。

足や胴が岩場に散乱し、木のてっぺんに、ひっかかっている死体もあった。

それは日本兵か米兵か分からなかった。

真っ裸の死体も数多くあった。

岩場には腰をかけたまま死んでいる日本軍の将校がいた。

思案の最中に頭を射ぬかれたに違いなかった。

これほどひどい戦争になるとは、米国を出るとき、想像だにしなかっただろう。

ハント大尉は言葉を失った。どう表現していいか分からなかった。

これまでの戦争観が吹き飛んだ。

どちらにどう正義があるというのか。そんなことさえ分からなくなった。

「もはやこの世の終わりだ」

ハント大尉は頭をかかえて砂浜に座り込んだ。

大尉はその目撃談を『ライフ』誌や『フォーチュン』誌に寄稿し、「ライフ第二次世界大戦史』にも掲載された。

これを読んだ米国民の衝撃は大きかった。

こんな戦争がなぜ必要なのか。

心あるアメリカ人はあまりの悲惨さに言葉を失った。

洞窟戦

飯島上等兵は山岳を目指していた。

はじめ富山に向かったが、ここは海上から丸見えで、艦砲射撃の標的になっていた。

周囲は樹木が一本もないので、兵の姿は丸見えだった。

慌てて富山の奥にある天山の壕に逃げ込んだ。

天山中腹にある洞窟陣地は、工兵隊が硬い石灰岩の山腹をダイナマイトで掘削したもので、頑強な天然要塞だった。ただし水はない。

ほどなく夜になった。

つかの間の休息である。

「ああ水が飲みたい。飯を食いたい」

思いはそればかりだった。飯島は壁から落ちる水滴をなめた。

米軍は間断なく照明弾を打ち上げ、戦場は真昼のような明るさだった。

日本軍のバンザイ突撃に対する警戒のためだった。

青い火を噴いてロケット砲が山岳地帯にも飛んだ。

夜中に静寂の時間があった。初戦の夜、海上の船艇からは青白い尾をひいた照明弾が夜通し、打ち上げられ、周囲は不夜城だった。

洞窟を出て、ふと空を見上げると、満天の星が見えた。

数日後、山頂の陣地が艦砲射撃と空爆で吹き飛んだ。

下には火炎放射器をもった敵兵がとぐろを巻いている。

絶体絶命だった。

ほどなく米軍による洞窟の掃討作戦が始まった。

火炎放射器と爆薬を持った敵兵が洞窟の一つ一つをつぶしにかかった。

崖の中腹にある洞窟には、崖の上からロープをつるし、入り口で爆発するようにセットした。それを見つけたら、米兵がいない隙に頂上に上り、軍刀で素早く、ロープを切るしかない。ロープのセットをさせないためには、頂上を死守するしかない。

このため順番で頂上を守った。

間一髪

飯島の番がやってきた。現地徴用の兵と二人で上った。

頂上はとんでもなく暑い。上半身、裸になって、頂上に頑張った。そこに左の谷間から数人の米兵が上ってきた。

たちまち撃ち合いになった。向こうは自動小銃である。こちらは三八式歩兵銃だ、かなうはずはない。しかも弾薬がしめっていて、不発だった。手榴弾の投げ合いになった。

敵の手榴弾がすぐそばで爆発し、同行の兵が動かなくなった。

後ろは崖だ、もはや絶体絶命の危機だった。

飯島は成田山の御守を握りしめて、思い切って断崖を飛び下りた。

偶然にも断崖の突起した岩にどさりと落ちた。そこに洞窟の入り口があり、奇跡的に助かった。成田山の御守が命を助けてくれたんだと飯島は思った。

洞窟のなかは焼け付くような暑さだった。

暑さと死臭と排泄物の臭いで、死にたくなる心境だった。

米軍は洞窟という洞窟に戦車砲をぶち込み、爆薬を投下した。入り口の穴が大きくなると、火炎放射器で攻めた。

そうなると、この洞窟も放棄するしかなかった。

まったく勝ち目のない戦争だった。

洞窟に百人はいた兵も半分に減った。

飯島は連隊本部がある水府山に脱出をはかった。しかし米軍に見つかり、兵はさらに半分に減った。戦闘のたびに死傷者が出た。どんどん減る一方だ。

傷口は一夜明けると、ウジがわいてくる。アメリカ兵は必ず包帯とヨーチンを携帯しているので、米兵を倒してそれを手に入れ、治療した。

食糧は米軍の陣地に忍び込んで、食べ残しの缶詰や乾パンなどをあさって食べた。腐ったもの、ウジがわいたものも食べた。しかし重傷者は助からない。皆、自決し命を絶った。かわいそうで見るのがつらかった。

次の洞窟も米軍に包囲され、火炎放射器で焼かれ、飯島は三人でグループをつくり、夕闇にまぎれて脱出した。三年に及ぶ逃避行の始まりだった。

戦車に突っ込む

土田海軍二等兵曹は中山の山麓に布陣していた。

壕口にはセメント樽に石を入れて詰み重ね、防御を固めた。

土田は機銃班に配属になっていた。

七・七ミリの旋回機銃である。操作が難しい。横にいた上野兵曹が、「銃身を冷やさないと、焼けて弾が出なくなるぞ」

といった。慌ててまくものを探した。そこに三人の兵隊が報告に来た。

「中隊長どの、敵戦車が飛行場に上陸しました。機関砲で応戦しましたが、効果がなく、敵の戦車砲で、トーチカの入り口が大きい口を開け、どうすることもできず、引き揚げてきました」

すると中隊長が怒った。

「どうして最後まで死守せぬ、飛行場に帰り死守せよ」

怒鳴られて三人は真っ青な顔で、戻っていった。そのとき奥の方から、

「これを銃身にまいたらどうだ」

と声がした。土田は「ハイ」と返事をして壕の奥に行った。

突然ドカンと壕の入り口を艦載砲の砲弾が直撃した。入り口にいた大原一等兵ら十二人の

体が吹き飛び、栗山上等兵はムシの息である。三十二人中、十二人は即死だった。

土田は偶然にも生き残った。ほんの一瞬の運だった。

あまりの恐ろしさに棒立ちになった。

そのとき、戦車のキャタピラの音がした。

敵の戦車が壕に迫ってきたのだ。

「これから戦車攻撃だ、希望者は手を上げろ、三名だッ」

中隊長が叫んだ。

陸軍から一人、海軍から一人、名乗り出た。三人目がなかなか出ない。土田も棒地雷を手にしていたが、手を上げる勇気がなかった。

「怖くて怖くて体がすくんだ」

二十分ほどして物凄い爆音が聞こえた。行ってみると戦車二台がメラメラと燃えている。

三人ほどの敵兵が半こげになって死んでいた。

決死隊の姿はなかった。爆死したに違いなかった。

土田は英霊に手を合わせた。

夜も照明弾で真昼のように明るい。敵は夜明けを期して攻撃してきた。

喉がかわいて焼け付くようだ。外はじりじりと太陽が照りつける。水が欲しい。

ここの山の下にドブ水がある。なんでもいい。水を飲みたい。しかし敵の重機関銃は水場を狙っている。もうどうでもいい。死んでもいいから水を飲みたい。

土田は我慢がならなくなり、もう一人と一目散に斜面を駆け下りた。水飲み場には三人が死んでいた。

ドブ水を腹いっぱい飲み、飛んでくる銃弾のなかを駆け上がった。

飲んだ水は汗になって一瞬にして蒸発した。

戦車が来た以上、ここは危なくなった。

十一月二十四日、中川大佐は自決し、残った百七十人を率いていた副官の根本大尉も玉砕した。歩兵第二連隊を中核としたペリリュー島の組織的抵抗は、これで終わった。

第７章　逃亡生活

海軍鍾乳洞

土田ら七十人ほどの海軍兵は、海軍の鍾乳洞に集結した。

この鍾乳洞は入り口が狭く、そこにはツララのように鍾乳石が下がり、外からは中が見えにくい構造になっていた。しかし、ここは不衛生で、快適とはほど遠い洞窟だった。七十人は多すぎた。大小便はたれ流し、臭気と怒号でとても住めたものではない。

負傷者は傷口にウジがわき、口で吸い出している。

「こういうところにいても仕方がない。穴から出て別のところに行こう」

と熊本県八代出身の三原兵長がいった。土田は三原兵長と二人で洞窟を抜け出した。

あちこち洞窟を探しまわった。直径十八メートル、深さ十五メートルほどの横穴を見つけた。ここは天井がなく、上は蔦でおおわれている。

一辺は急斜面になっていて、敵が降りてくることはなさそうだった。

四日目のことである。

「土田、敵の声がする」

三原兵長は泣き出さんばかりの声である。

「大丈夫ですよ。ここまでは来ないですよ」

と土田はいった。この急な斜面を降りてくるのは至難の業である。

にもかかわらずゴトゴト降りてくるようだ。真上に足音がする。

「土田、早よう手榴弾を投げんか。早よう、早よう」

兵長の声は悲痛である。手榴弾は投げても届きそうにない。コロコロ手前に落ちて死ぬのはこっちである。土田は顔を上げた。いた、敵兵がいた。ばったり目が合った。

真っ赤に日焼けした赤ら顔だ。

「ぎゃあ」

と敵兵が声を出して絶壁を死にものぐるいで駆け上がり、逃げていった。

土田も心臓が止まりそうだった。

ここは危ない。慌てて逃げ出して別の窪地に潜んだ。敵は見張っているかもしれない。案の定、パトロールの米兵に囲まれてしまった。

六人ほどの米兵である。ワイワイガヤガヤいいながら米兵が上から石を落とした。窪地に日本兵がいることを知って、様子を窺《うかが》う仕草である。

飛び出したら撃たれる。もうだめだと二人は観念した。

もう震えが止まらなかった。

そのときである。十二時のサイレンが鳴った。するとどうだろう。皆、ぞろぞろと戻って行くではないか。米兵の行動は日本人と異なっていた。

「ああ、助かった」

二人は脱兎のごとく飛び出し、道路を越えた湿地帯に隠れた。

そこには六人の工兵隊員がいて、以後、八人で暮らすようになった。

二日後、兵長と二人で道路を横切って水汲みに出かけた。十五夜の、月の明るい夜である。水を汲んで道路に向かったところ、車のライトで照らされた。

土田は道路の横に飛び込んだ。目の前に銃を構えた敵兵がいる。あまりに近いので、逆に気づかれない。

兵長は四メートルほど先の木の根元に伏せた。

ババーンと銃声が響いた。三原兵長が撃たれたと直感

ペリリュー島にいまも残る日本軍の地下壕跡

した。五、六秒後、

「土田、水くれ」

と二回ほど小さな声がした。動いたら撃たれる。土田は動けなかった。

敵兵は四方八方に発砲してきた。電灯に照らしだされたが、じっと動かなかったことがよかったのか、撃たれることはなかった。またしても命びろいであった。

たった一人になった土田は、心細い限りだった。それから二日ほどしたとき、海軍洞窟で銃撃戦があった。ここには五十人ほどが残っていた。

「ニホンのヘイタイさん、ハヤクデテキナサイ」

と呼び掛けたあと、火炎放射器が火を噴き、それから爆薬攻撃があり、バズーカ砲が発射された。土田は固唾《かたず》をのんで見入った。

後で聞いたところによると、三人がまっ先に壕を出て、敵兵と銃撃戦を演じ、そのあと、四、五人は出るときに撃たれ、怪我人は洞内で自決した。

洞内に潜んだ六人は出ることができず、米軍によって封鎖されてしまった。

幸い水と食べ物があったので、六人はここで六十日間過ごすことになる。

ある日のことである。

敵兵は壕をこじあけて入ってきた。六人は足腰がたたないほど弱っていた。敵は洞窟内にころがる白骨に仰天した。一人の兵士が白骨をつついた。それはまだ息をしていた川島一等兵だった。

「アイタタ」

とか細い声でいった。

「キャッ」

と米兵は大声を上げて逃げていった。幽霊と思ったに違いなかった。

六人はこれ幸いと壕から逃げ出した。川島一等兵は立つことはできない。ここに残され、まもなく本物の白骨になった。

馬蹄の池

孤立した洞窟の兵は、いわば敗残兵の集まりだった。

村井少将、中川連隊長はとうに自決し、組織的な抵抗は終わり、残された道はゲリラ攻撃だった。階級の上の者が便宜的に指揮官を務めたが、分隊とか小隊、中隊といった軍隊の組織は消滅していた。普通中隊長は大尉か中尉だったが、このクラスの人はもういなかったので、軍曹や伍長などが代行した。

職業軍人は率先して戦わなければならず、皆、突撃して死んでいった。

どこの洞窟も苦しかったのは水がないことである。

周囲には米軍が四六時中いるので洞窟の外に出るわけにもいかない。岩からしたたり落ちる滴を空き缶で受け止め、一日で、湯飲み茶碗に半分ぐらい水がたまると、それを三人から五人で分けて飲んだ。だから少人数の方が水にありつけた。

夜になると各洞窟から水を汲みに兵が池に向かった。

島には一か所だけ井戸があった。

中山の西にある「馬蹄の池」である。

海水が珊瑚礁をくぐり抜け、染み透って湧き水になるただ一か所の池である。

この小さな井戸をめぐる戦いは苛烈《かれつ》だった。

どうしても水を飲みたい。日本兵は水筒をいくつも持って、夜間、ここに忍び込んだ。負傷して動けない怪我人は、

「ミズ、ミズ」

とせがんだ。

なんとかしてやりたいという義侠心もあった。

米軍はこれを知っていて待ち伏せして、確実に射殺した。

水を汲んで帰れるのは、三人に一人、最後は五人に一人になった。それでも兵隊たちは、池に出かけた。

米軍はついに二重、三重の鉄条網を張り巡らせ、空き缶などを結んだピアノ線を張り巡らせ、その上、夜間照明をつけて近づけないようにした。

それでも百分の一、千分の一の可能性に賭けて出かけた。

食糧は米軍の陣地から奪った。食べ残しの缶詰、乾パンなどをあさって食べた。食べきれない缶詰はよく捨ててあった。これがご馳走だった。しかし米軍はそれに感づき缶詰に穴を開けて捨てるようになった。すぐ腐ってしまうので、食べられなかった。これは恨めしかった。

生きるためには、食べなければならない。

ある夜、食糧を担いでの帰り道、土田は三人の人影に出会った。

咄嗟に双方から「照」「神兵」の合い言葉が発せられた。三人はやせ細り、歩くのもやっとだった。

すぐ洞窟に連れ帰ったが、一人はまもなく息を引き取った。洞窟を米兵が捜索に来た。二人で逃げたが、一人が逃げ遅れ、後方で銃声が響いた。

「天皇陛下、バンザーイ」

と叫び声が聞こえた。工兵隊の栗原少尉だつた。

このころ、機銃を手に一人で敵兵と交戦し、十数人を射殺した女戦士がいた。独立大隊に所属していた慰安婦ともいわれており、コロール島の遊廓の女性という話もあった。彼女は若い将校に恋をして、その将校の後を追ってペリリュー島に渡ったというのである。

不用意に近づいた米兵が機銃で掃射された。

慌てた米兵はいったん退却し、集中攻撃で射殺した。どうも女のようだと衣服をはぐと、女性だった。名前も出身地も伝わっていない。

この山頂に記念塔がある。英文で米兵と日本兵の戦闘が称えられている。

私もここに登った。地元のガイドは、慰安婦を祀った記念碑だと説明した。

工兵隊壕

土田はいくつか鍾乳洞を渡り歩いたあと、米軍の宿舎に近い湿地帯の石の割れ目を見つけ、そこに潜り込んだ。満潮時には少し足がぬれる。隙間に枯れ枝をかぶせて偽装した。

ここに千葉伍長、唐沢一等兵ら数人と住んだ。

周辺に隠れ家がいくつかあり、お互いに連絡を取り合っていた。

食糧はもっぱら米軍のものに頼った。倉庫やテントに潜入し、担いでくるのである。

米軍の警戒も緩くなり、発砲さえしなければ、掃討作戦も行なわなかった。この結果、米兵も不用意な攻撃を受けることはない。

いつのまにか奇妙な共存関係が生じていた。

そのうち食糧荒らしがばれ、湿地帯が捜索を受け、三人が射殺された。しかし生きるためには食糧を確保しなければならない。

今度は飛行場のテントに潜入した。

「こそこそ歩くからばれる。米兵のように姿勢をよくし、顔をあげて堂々と歩くことだ」

古参兵はいった。

「なるほどな」

と土田が思った。歩哨の兵が消える十分ほどの隙に二箱持ち帰った。

それからしばらくして六畳二間ぐらいの小さな鍾乳洞を見つけ、海軍兵三人、工兵隊員三人、通信兵二人、現地召集の沖縄出身の兵士一人、同じ沖縄の軍属一人の十人で住みつくことになった。

名前を「工兵隊壕」とつけた。

潮の干満は六十センチほど、穴を掘っておくといつも水はたまっている。これを天然のトイレに使えた。堤内の温度は三十度ぐらい、皆、すっぱだかで過ごした。大便は水缶に済ませ、いっぱいになると海岸に運んで放棄した。

付近に捨てるとすぐに見つかってしまうためだった。

このころ、自殺者が出た。

その人は陸軍の上等兵で突然、敵が来たといいだし、銃に着剣して突きまくった。そのうちに手榴弾で自決した。逃げ惑う生活に疲れきってしまったに違いなかった。

島には各所に日本軍の残存兵がいた。ときおりばったり出くわし、食事をご馳走になることもあった。

全体で数十人はいると思われた。

この時点で、すでに日本は終戦となっていたが、土田らはそれを知らずに暮らしていた。その間に、硫黄島の玉砕戦があり、沖縄での悲惨な戦争があった。

そういうことはつゆ知らずだった。米軍の雑誌や新聞で、戦争が終わったという情報も得たが信じようとはしなかった。

飯島上等兵のその後

飯島は二人か三人で洞窟を転々として暮らし始めた。

戦闘が一段落して三ヵ月も過ぎると、荒れはてた岩肌に、蔓草が生えてきた。自然界の植物の生命力の強さは凄いものがあった。

米軍の大半は次の戦場に向かうか、帰国したが、少数の部隊が残っていて、掃討作戦を繰り広げていた。敵の陣地跡に行くと、缶詰が落ちていて、それを拾って食べながら、洞窟を転々とした。

だんだんと、ずうずうしくなってきて、米軍のキャンプを襲い、米兵を殴りつけて食糧やカービン銃を奪ったりした。

以来、米軍は敗残兵を見つけ次第、射殺した。

満州以来の仲間だった若い兵士が、掃討狩りで見つかり、銃弾を受け、心臓のあたりからドクドクと血を噴き出して死んだ。助けることは不可能だった。

複雑な尾根を登った水府山の西側に各自、好きな場所を見つけて暮らした時期もあった。米軍が「スーサイドリッジ」、自決の丘と名づけた地帯である。

しかし長居は無用だった。飛行機の偵察で見つかり、攻撃を受けたからである。

その後は思い切って米軍のキャンプに近い洞窟に住んだ。

そばを米軍の車がしょっちゅう通った。

洞窟に百人はいた日本兵も半分に減った。

灯台もと暗し

最後は敵のキャンプに近い、海のそばの洞窟をねぐらにした。

広い洞窟で、二つの穴に分かれ、右側に六人、左の穴に七人が住んだ。

ありがたいことに湧水があった。

そのうち米軍の食糧倉庫を見つけ、そこから段ボール箱を盗みだし、食べまくった。チーズ、ベーコン、バター、ソーセージ、コンビーフ、ジュース、夢のような食べ物ばかりだった。これを食べている連中と戦ったのかと思うと、負けるのは当然と思えた。

いつになったら援軍が来るのか。

願いはそのことだけだった。

各地を転々としていた土田海軍上等兵のグループも、ここに合流した。

土田も飯島も昭和二十二年四月までここで暮らした。

米軍は何度も降伏勧告のビラをまいていた。

「勇壮なる日本軍将兵に告ぐ！

ペリリュー島に戦う日本兵の強いのには、つくづく感心する。これまで戦えばもう皆さんの任務は終わったと思う。これ以上やるのは無駄だと思う。すみやかにこの勧告文を持って南側の歩哨線まで来るべし。わが方では皆さんの来るのを待っている。今後、日本を背負って立つ君らは無駄に命を捨てるな。いま日本海軍は台湾へ米海軍に追い詰められて全滅の一歩手前にあるではないか」

ゲリラ部隊の頑強な抵抗に手を焼いた米軍の投降ビラだった。しかしこれに応じる兵士はいなかった。

ニミッツの感想

戦後、米太平洋艦隊司令長官のチェスター・ニミッツ大将は、次のように語り、ペリリューの日本軍の勇猛な戦いぶりに敬意を表した。

「ペリリューには精強第十四師団の戦闘部隊の約半数一万人以上の日本軍が配備され、大本営の指令にもとづき縦深防禦法を採用した。水際の兵力は単に米軍の上陸を遅延させる目的で配備されており、主抵抗線は海軍艦砲の破壊力を回避させるため、ずっと内方に構築されていた。この線は地形の不規則なあらゆる利点を利用した陣地網によって支援されることになっており、人智の及ぶ限りの資材によって難攻不落のものとして構築されていた。それはもはや無益なバンザイ突撃は行なうべきでないとされ、守備兵の一人一人がその生命を有効に生かすことになっていた」

と高い評価を下した。

ペリリュー島における両軍の戦闘力比較

	日本軍	米軍
歩兵	五から七個大隊	九から十五個大隊
戦車	一個中隊、十七	約一個大隊、中戦車三十から四十五
砲兵	一個大隊	八から十二個大隊
航空	戦闘機四から八	延べ千八百機
艦砲		戦艦四、重巡三、軽巡一、駆逐艦九以上
損害		
戦死		

陸軍　六千六百三十二　第一海兵師団　千二百五十
海軍　三千三百九十　第八十一歩兵師団　二百七十六
計一万二十二　海軍　百五十八
　計千六百八十四

戦傷
陸軍　百九十（生還）　第一海兵師団　五千二百七十五
海軍　二百五十六（生還）　第八十一歩兵師団　千三百八十
計四百四十六　海軍　五百五
　計七千百六十
（前掲『戦史叢書』）

ここで注目されるのは、日本軍の戦傷者が極端に少ないことである。戦傷者は、救出されることなく死亡しており、すべて戦死者に含まれたことになる。捕虜となって帰還した者、あるいは自力脱出者が戦傷者扱いになっている。人命軽視の日本軍の思想が、ここにも表われている。
南太平洋の数ある戦場のなかで、ペリリューは、米軍を驚嘆させる奮闘を見せた。この島に残った兵士たちは戦後二年半、ここに住み続けた。

第８章　玉砕は続いた

グアム島の悲劇

太平洋戦争は本土決戦直前まで続いた。

パラオはその通過点に過ぎなかった。

グアムの悲劇も忘れてはならない。

昭和十九年七月二十一日未明、グアムにも米機動部隊が現われた。

米艦船は六百隻、航空機二千機を動員し、五千の兵が上陸した。

守る日本軍は第二十九師団と独立混成第四十八旅団を主力とする二万人である。

午前七時半、米軍は西海岸に上陸を開始した。

米軍は日本軍の水際作戦を警戒し、海沿いの陣地に徹底的に空爆と艦砲射撃を加えた。日本軍はこれに耐えた。朝七時半、上陸用舟艇百数十隻が、昭和湾方面、見晴岬の西海岸に殺到した。

海岸から三百メートルの地点に達したとき、日本軍守備隊の重火器が火を噴いた。敵は大混乱に陥った。これにこりて米軍はいっそうの爆撃、砲撃を繰り返し、それから三列になって上陸用舟艇を海岸に突進させた。

日本軍はすぐ弾薬が切れ、抜刀して突撃、大隊長、中隊長が相次いで戦死し、この日だけで全兵力の九割を失った。

水際作戦の失敗だった。夜襲攻撃も効果がなかった。

日本軍は本田台、マンガン山、天上山に追い詰められた。

高品師団長は二十五日を期して総攻撃を行なうと全員に伝達した。玉砕戦法である。

グアムには民間人も大勢いた。百人にのぼる妊婦や病人は後方に避難していたが、

「この子を殺してください。私も戦います」

と迫る母親もいた。

その前夜、海軍警備隊が、魚雷で米艦船に体当たりすべく、海に乗り出したが、敵の探海灯に照らしだされ、小舟は砲撃を受けて撃破された。

翌朝、焼けつくような太陽が昇った。六、七百機の敵攻撃機が、波状攻撃を加え、続いて敵戦車軍団が押し寄せた。

日本軍は山砲で数十両の戦車を粉砕したが、敵戦車は続々と押し寄せ、弾丸を撃ち尽くし

た砲兵隊は敵戦車に突っ込んで玉砕した。

残存部隊も大半がバンザイ突撃をして、戦場に消えた。

本田台の司令部と折田方面には三千の兵力が残っていた。

二十八日、司令部が戦車群に包囲された。

高品師団長ら幹部は、前方の溝に体を隠しながら脱出した。

岡部参謀長は、敵に見つかって銃撃され、

「一足先に逝《ゆ》く」

といって絶命した。高品師団長も密林の手前で銃撃され、即死した。

三千の兵も空爆にさらされ、八月十一日、日本との通信は途絶え、玉砕した。

日本軍は残念ながら米軍の敵ではなかった。にもかかわらず、誰もこの戦争に歯止めをかけることはできなかった。

戦争指導部はただやみくもに、本土決戦を叫んだ。

次の戦場は硫黄島だった。

硫黄島玉砕

米軍は日本軍の玉砕戦法に驚嘆し、いかにしたら戦争を早く終結させることができるかに、全力をあげた。

しかし目の前に立ちはだかった硫黄島は、難攻不落の要塞であり、これは容易ならざる戦闘であると判断した。米軍は攻撃の前に徹底的に空中撮影を行ない、綿密な分析を行なった。まずこの島は北東海岸の大部分が奇岩怪岩の渓谷で、急斜面となって海に落ちていた。反対側の南西には標高百六十四メートルの摺鉢山《すりばちやま》がそびえ、二つの高地のくびれたところに、上陸可能な砂浜があるだけだった。

米軍がいかにこの島に恐怖心を抱いたかは、『ニミッツの太平洋海戦史』に詳細な記述がある。航空写真からは硫黄島守備隊の栗林忠道中将が築いた陣地が、手にとるように分かった。これを上陸の前に壊滅させるには、十日以上の艦砲射撃と、ロケット砲、ナパーム弾による空爆が必要だと試算した。

ナパーム弾は陣地を隠している樹木や偽装を焼き尽くすのにも効果があった。ロケット弾は陣地に的確に命中した。

米軍は一月から猛爆撃を開始、一月は昼間七百機、夜間百八十機を投入し、二月からはナパーム弾を使用した。

艦砲射撃と空爆で、島の草木は丸裸になり、地形が一変した。

昭和二十年二月十六日、日本本土空襲と並行して、護衛空母十二隻を基幹とする米機動部隊が硫黄島南方に接近した。

戦艦、巡洋艦、駆逐艦、輸送船、上陸支援艇など数十隻が島を包囲し、艦砲射撃を加え、翌日にはサイパンからＢ24爆撃機が飛来、水際陣地を空爆した。

摺鉢山の海軍陣地には、艦載機が低空から爆弾、ロケット弾、ナパーム弾を叩き付け、日本軍の陣地を破壊した。

日本軍は摺鉢山やその周辺に配備した十四インチ海軍水平砲で応戦、米軍の上陸用支援艇十二隻に砲弾を浴びせ、重巡洋艦と駆逐艦にも砲弾を撃ち込み、米軍機十五機を撃墜した。父島からは爆撃機が飛来、高速輸送船、掃海艇を撃破した。

硫黄島上陸戦で海岸部に釘付けになった米海兵隊

ここを守備する栗林中将は、

「私の命令なくして敵の上陸用舟艇に発砲したり、水際で敵と戦闘してはならない」

と訓示した。

栗林は、陸軍一万四千人、海軍七千人の兵士を五つの地区に分散配置し、すべての洞窟を陣地とした。島のなかには無数の洞窟があり、これをトンネルで結んだ。

元山には二千人の部隊を収容する司令部を設け、そこは地下二十二メートルもあった。兵器、弾薬、食糧もすべて地下に格納した。

上陸作戦が始まったのは十九日である。

しかし空爆と艦砲射撃をいくら加えても日本軍は不滅だった。

海岸線には空中写真では予見できなかった障害物が多数あり、上陸用舟艇は上陸地点で立往生し、やっとこれを突破して、そそり立つ尾根を目指して上り始めたとき日本軍のトーチカが火を噴き、米軍は死体の山を築いた。

初日の米軍の死者は二千四百人にも及んだ。

米軍の従軍記者ロバート・シャロッドは、上陸直後の光景をこう描いた。

「浜辺一帯に散乱した死体は、それが日本兵の死体であろうと、アメリカ兵の死体であろうと、一つの共通点があった。それはすべての死体が、およそ可能な限り、最大の猛威によって殺戮されていたことであった。太平洋戦争の他のいかなる戦場でも、私はこのようにむごたらしく、ズタズタに切りきざまれた死体の大群をかつて見たことがなかった」（中野五郎訳『硫黄島』）

それでも物量に勝る米軍は、火炎放射器と戦車砲でトーチカをつぶし、飛行場に突入し摺鉢山を孤立させた。翌日には空爆で摺鉢山の頂上を吹き飛ばし、二十二日には、地下壕の入り口まで敵の戦車が迫り、火炎放射器でトーチカを焼き尽くした。

日本軍は二十機の特攻機を飛ばし、空母「サラトガ」を使用不能とし、「ビスマルクシー」を撃沈した。

米軍は特攻機に恐怖した。しかし日本の航空隊はあとが続かなかった。海軍の壊滅は大きかった。もはや反撃の手立てがなくなっていた。

星条旗

米軍は削岩機で摺鉢山の地下洞窟に穴を開け、ここから黄燐をながし込んで火を放ち、二十三日午前十時二十分、摺鉢山に星条旗を翻《ひるがえ》らせた。

洞窟の守備兵は決死の斬り込みを敢行し、大胆にも米軍陣地に潜入し、ガソリン、火炎放射器用の燃料を爆破し、米軍に甚大な損害を与えた部隊もあった。しかし補給のない日本軍には、限界があった。兵はわずかに四百人になった。

『戦史叢書』によると三月二十五日、栗林中将は白襷《しろだすき》の軍装に身を固め、部隊の先頭に立って西部南方の米海兵隊及び陸軍航空部隊の露営地を奇襲した。

戦闘が三時間も続き、米兵百七十人を死傷させたが、味方の損害も多く、栗林は右大腿部に重傷を負い、

「兵団長の屍は敵に渡してはならない」

という言葉を残して、高石参謀長、中根参謀とともに拳銃で自決した。

一部は飛行場に突入し、天皇陛下バンザイを三唱して玉砕した。

米軍の遠征部隊指揮官スミス中将は、

「太平洋で相手をした敵指揮官中、栗林は最も勇敢だった。彼はわれわれが追い詰めるまで、至近距離で米軍を阻止し、北の岬の洞窟内に立て籠り、最後まで抗戦を継続した」

と栗林中将を称えた。

この戦闘で日本軍は一万九千九百人が戦死、米軍は戦死者六千八百、戦傷者二万一千を出した。日本軍は大善戦し、太平洋戦争史に、その名を刻んだ。

衝撃の最期

玉砕戦という想像を絶する状況のなかで、指揮官は正常な神経を保ち続けることができるのだろうか。

私は、精神に異常を来たした指揮官も多かったのではないかと思っている。

すべては美化されて伝わっているだけで、実際は違う側面があったのではないかと、思うのである。

栗林中将の死も武士道の華、軍人の鑑《かがみ》ともてはやされたが、実はひどいノイローゼにかかり指揮能力がなくなり部下に惨殺されたとか、白旗を掲げて降伏の交渉を行ない、洞窟に戻ったところを、怒った部下に惨殺されたなど諸説がある。

このことは何人かの人が書いており、ノンフィクション作家梯久美子も『検証栗林中将衝撃の最期』（文藝春秋）で指摘しているが、インテリであった栗林にとって、この玉砕戦は耐えがたいものであったろう。

いくら天皇の命令とはいえ、全員玉砕というのは、あまりにも理不尽であった。洞窟には多くの重傷兵が横たわっており、人間として上官として、彼らを救いたいと考え、降伏を決意したとしても、責められるべきではなかった。

帝国軍人の立場からすれば、降伏はあり得ないかもしれないが、そういう人がいないことが、むしろおかしいことであった。降伏を考えたのは、むしろ正常だったといえるのではないか。

栗林中将の一件はすべて目撃情報がなく、米軍のいう降伏もあいまいなところが多く、いまとなってはすべては霧のなかである。

だがほかの戦場を含めて、ノイローゼになった指揮官は多分、大勢いて、味方同士の殺し合いもかなりの数にのぼったに違いない。

今後、新資料発見ということも十分に考えられる。

栗林忠道中将

神風特攻機

この後、両軍の戦いは沖縄に移った。

米軍は四月十九日、総攻撃に出た。

日本軍は神風特別攻撃機で米軍に対抗した。

米軍は特攻機に恐怖心を抱いた。

米軍の兵士たちは、特攻機のパイロットは、白衣をはおり、黄色と緑色の肉襦絆を身につけ、黒い頭巾をかぶっているとまことしやかに語り、神秘の存在として畏怖《いふ》した。日本人が考える以上に、特攻機は威力があり、戦果をあげた。

昭和十九年の十月から二十年のレイテ島、ルソン島、ミンドロ島の戦闘区域で、アメリカの艦船百隻以上の損害があった。

そのなかに空母「エセックス」「レキシントン」「イントレピット」が含まれていた。戦艦「ニューメキシコ」も体当たり攻撃を受けた。

ロバート・シャロッド記者は自ら特攻機の脅威を体験していた。

十二月の下旬、空母「エセックス」に乗艦していたときだった。突如、「エセックス」の高射砲が一斉射撃を始めた。

「総員、配置につけッ」

伝令がけたたましく艦内に響いた。誰もが甲板にあがると隣の空母「タイコンデロガ」が黒い煙を高く噴き上げていた。日本の特攻機七機が突入し、六機が撃墜されたが、一機が飛行甲板に激突した。沈没こそ免れたが、戦死、または行方不明者が百四十三人も出た。

四月六日は最大の神風デーだった。

九州各地の飛行場から約五百機の特攻機が沖縄に飛来した。

ミッチャー中将指揮する第五十八機動部隊は特攻機の大半を撃墜したが、百十六機の特攻機がこれを突破、このなかの半数が、戦車揚陸用船、駆逐艦、掃海艇などに大損害を与えた。沖縄戦の詳細を書くことはははぶくが、沖縄の戦争は降伏を長引かせた分だけ、地域の住民を巻き込む悲惨な戦争となり、六月二十三日、沖縄軍司令官の牛島満中将が割腹自決し、三ヵ月に及ぶ持久戦が終わった。しかし、ここでもまた、「玉砕」後の戦闘が個別に繰り広げられることになる。沖縄戦の犠牲者は約八万人、あまりにも大きな犠牲だった。

特攻にはどんな意味があったのか。

特攻を推進した大西瀧治郎海軍中将は、

「これは外道《げどう》だ」

といった。生還の確率がゼロの作戦である。徹底的に日本軍の戦う意志を米軍に示し、戦意を殺ぐというものだったが、その効果はまったく逆だった。

待ち伏せされて集中砲火を浴び、大半は海に落とされた。

一体、東京の大本営は、相次ぐ玉砕をどう考えていたのか。

東條首相はなんと六月の時点で、「もうやめたい」と漏らしていたと、東久邇宮の日記にある。

昭和十九年六月二十三日、東條首相が防衛総司令部に来て、戦争の前途も不利となり、内閣も行きづまってきたから自分はやめようと思う」といった。

「だから私は、はじめから戦争をやってはだめだ、といったではないか。しかし、いまとなってやめるというのは、無責任きわまる。やめてもいいが、戦争の後始末をどうする考えなのか。講和をするのか。いちおう善後策をたててからおやめなさい」

と東久邇宮が抗議した。

東條英機刊行会編の『東條英機』に、このことが記載されている。

上層部はただオロオロするだけで、まったく展望を欠いていた。

その犠牲者が玉砕戦の兵士たちだった。

日本の上層部には戦争をする資格も展望もなかったのだ。

何を考えて戦争に踏み切ったのか。

すべて空しいというほかはなかった。

東條はその翌月、退陣し、小磯・米内連立内閣となるが、それから三ヵ月後の十月十五日、日本海軍は台湾沖海戦で、敵空母十一隻、戦艦二隻を撃沈、空母八隻、戦艦二隻を撃破したと事実無根の発表を行ない、一部にあった講和の模索は、どこかに消えてしまい、無為無策のままにグアム、硫黄島、沖縄と玉砕戦が続行される。

原爆投下と無条件降伏

どこから見ても惨敗だというのに、それでも軍部は戦争を続行しようとした。

本土決戦である。

すでにドイツは連合国に無条件降伏し、日本は世界の孤児になっていた。東京は空襲で焼け野原となり、国民は飢えに苦しんでいた。厭戦気分が蔓延し始めていた。

沖縄の惨敗から原爆投下に至る二ヵ月間、日本国の首脳は何をしていたのだろうか。

アメリカからの原爆投下直後に突然参戦したソ連を頼りにして終戦工作をしていたというのだから、何をかいわんやであった。

この期に及んでも阿南陸相は「本土決戦の準備はできている」と述べた。

これに対して平沼騏一郎枢密院議長が「戦争遂行の目算があるのか。空襲は連日連夜ある。空襲と原子爆弾に対して防御策はあるのか」と追及した。

「今後、方法を改める」

梅津美治郎参謀総長の答えは、そのようなものだった。平沼はさらに「国内の治安維持、食糧不足が深刻である。戦争を続ければ、国内治安が乱れる」と、鈴木貫太郎首相に決断を求めた。

重光葵外相も同じ意見だった。

「本土決戦か降伏か意見の対立がある以上、聖断を仰ぐほかなし」と鈴木首相はいい、昭和天皇に聖断を求めた。昭和天皇はこのように述べた。

「朕は連合国への回答は外相と同じである。皇室と人民と国土が残っていれば、国家生存の根基は残る。これ以上、望みなく戦争を継続することは元も子もなくなるおそれが多い。彼我の物力、内外諸般の情勢を勘案するに、われに勝算はない」

天皇は明快に述べられた。そして、

「朕の股肱《ここう》たる軍人より武器を取り上げ、また戦争犯罪者として連合軍に引き渡すのは、誠に忍びないが、明治天皇の三国干渉時のご決断にならい、大局上、忍び難きを忍び、人民を破局より救い、世界人類の幸福のために、かく決心する」

と続けられ、手袋で涙をふいたのだった。

ときに八月十日午前二時三十分だった。

出席者は皆、慟哭《どうこく》し、涙が止まらなかった。

この日の午前七時、スイスとスウェーデンを通じてポツダム宣言受諾の電報が発せられ、太平洋戦争は日本の大敗北で終わった。

第９章　奇跡の生還

疑心暗鬼

日本が無条件降伏し、戦後が終わったというのに、ペリリュー島には、数十人の兵士が残され、まだ戦争を続けていた。

どんどん米兵が少なくなってゆく。しかし戦争が終わったためという認識はなかった。沖縄戦で敗れても本土決戦がある。最終的には日本が勝ってこの島に援軍が到着する。そういう感覚だった。

おかしいと思っても、負けたようだ、とはいい出せない雰囲気が支配した。そんなことをいおうものなら、「弱腰、裏切り者」と糾弾《きゅうだん》された。

裏切り者は集団の生命を脅かすと思われ、一人一人が監視下に置かれていた。脱走してこちらの居場所を米軍に通報するのではないかと猜疑の目で見られた。

日本政府は、この島に残存兵がいることは、米軍を通じてうすうす知っていた。しかし「それどころではない」と放置されてきた。

その結果、助かるはずの兵士が何人も命を落とした。

米軍から食糧をかすめ盗《と》る生活だった。

米軍は、食糧を奪われるので、敗残兵がいることは知っていた。しかし日本兵が米軍を襲わない限り、黙認している姿勢だった。

おかげで地下に潜った兵士たちは、警戒をしながらも大胆に暮らすことができた。

飛行場の脇の倉庫は、食糧の宝庫だつた。

兵士たちは交替で、夜陰にまぎれて道路を横切り、山を越えて飛行場に近づく。歩哨が懐中電灯を照らして巡回している。カービン銃を肩にかけなおす隙に戦車壕に、草むらにすべり込む。

そして倉庫に向かって走る。倉庫には段ボール箱が山と積み上げられている。

盗るのは段ボール箱二個、それを用意した弖帯で結び、背負って山を越える。

それが日課だった。ここの食糧は飛び切り上等だった。

兵士たちは倉庫から仕入れた米軍の服を着て、露天映画会にも潜り込むようになった。大胆不敵な行動である。

大きなスクリーンが張られ、木製の長い椅子が並べられ、日が暮れると音楽とともにニュースが流れ出す。いつも米兵百人ぐらいが宿舎から車で出てくる。

日本兵も見た目にはアジア系の米軍兵士か軍属や労務者と同じである。

東京が焼け野原になっていたり、天皇陛下、皇后陛下も出てくる。

「おかしい、おかしい」

と顔を見合わせるが、英語が分からないので、理解できない。

声をかけられたらおしまいである。米兵がこちらを向いたらさっと場所を変える。

その辺のタイミングがポイントである。

米兵を刺激しないこと、それが残存兵の合い言葉だった。

映画会の目的は、飲み残したビールやウイスキー、煙草の吸い殻を集めることだった。

映画が終わり、パッと電気が消えたときが勝負だった。すぐ椅子の下にもぐり込み、それらを拾い集めるのだ。

ときには置き忘れた煙草もあり、丸々一本吸ったときの洋モクの味は天国にいる思いだった。

警備の兵は日に日に少なくなる一方である。しまいには飛行場に侵入してヤスリ、ハンマー、ランプや工作機械の道具まで持ち出した。

「飛行機なんか操縦はちょろいもんだ、北に向かえば、日本に着く」

という兵士がいた。何人かが「よし、飛行機を盗んで日本に帰ろう」ということになった。

飛行場の北西の隅には小型機、南東の隅には大型機が配置されていた。

それではと超大型のＢ29に向かった。

ハシゴをかけて中に入った。あまりの広さに仰天した。操縦席には計器がいっぱいあり、どれがどれだか分からない。操縦桿脇の計器を動かしてみたが、プロペラはびくともしない。どうにもならないことが分かり、引き返した。

洞窟の住まいも豪華になってきた。

シート、羽毛枕、なんでもある。自動車のスプリングをはずして小刀やハサミ、カミソリもつくり、綺麗に散髪をし、ひげも剃った。

そのころになると、爆音もめっきり聞こえなくなった。

投降の文書

土田は二等兵曹となり部下もいた。土田のグループが投降の文書を見つけたのもそのころだった。

パパイヤや雑木に貼られたビラが見つかった。

書面には戦争はもう終わった。殺しはせぬ、生命は保障すると書かれ、元第四艦隊参謀長澄川道男海軍少将の名前があった。

ほかのグループの兵士が米軍に出頭して確かめるといった。

「戻ってきたときは、戦争が終わったと思え。戻ってこないときは、自決したと思ってくれ」

といった。このことが広まると異論が起こり、不幸にもその人は銃殺されてしまった。出頭すれば、全員のいどころがばれてしまう。これは絶対に米軍の罠だといい張る兵士に射殺されたのである。

土田は愕然とした。

殺すことはなかったのだ。ただ常識が通用しない暮らしだった。脱走は慎重でなければならなかった。

土田は、寝てもさめてもその兵士の顔が浮かんだ。

昭和二十二年四月十日のことである。

工兵壕の一人の兵士が空き缶を捨てに行く途中、米軍につかまってしまった。

「おおい、敵に見つかってしまったぞ」

と各壕にふれがまわった。見つかった以上、掃討作戦が始まるだろう。逃げなければならない。皆が狼狽した。全員、銃を手に集合した。土田もこれが最期かもしれないと覚悟した。機銃や大砲で攻撃されれば全滅である。

「敵がなにやら包みのようなものを放り込んでいった」

という。開けてみると十本入の煙草十箱と書類だった。

書類には日本の無条降伏が詳しく記述され、親兄弟が帰国を待ち望んでいると書いてあった。

「騙されるな、敵の策略にのるな、日本が無条件降伏などするわけがない」

古参兵が叫んだ。下手なことをいって殺されてはかなわない。土田は沈黙を守った。土田はこの書類を本物と判断した。

脱　走

夜、皆がガソリンを盗みに出かけることになったとき、土田は脱出を決意した。

「負傷者がいるので、私は残ります」

というと、「いいだろう」と許可が出た。これはしめたと思った。

黙って出るのは仁義に反する。

足を負傷し、壕に残っている片岡兵長から紙をもらい、「皆さん、これまで大変、お世話になりました。島伝いに泳いでパラオを脱出し、現況を報告します」と書き、入り口のふたの上に置き、石を載せた。

土田は脱兎のごとくジャングルを突っ切って広い道路に出た。

いざというときのために銃は放さなかった。

住民がこのころ、戻って暮らしていた。

草むらに十数個のバラックがあった。そこに飛び込んだが、誰もいない。皆に知られたら銃撃されるかもしれない。土田は必死だった。こうなったら米軍のジープを止めるしかない。改造銃は草むらに置いた。カービン銃を改造した片手で撃てる銃である。土田は道路に飛び出した。北の方向から自動車のライトが見えた。ライトが追ってきた。

飛び出そうと思ったが体が動かない。ジープはすうと通り過ぎていった。自分はなんと意気地なしだろう。土田は思った。今度は絶対に止めてみせる。二度目のジープのライトが見えた。運を天にまかせよう。土田は道路に飛び出した。

「ストップ、ストップ」

土田は大声を上げた。ジープはブレーキ音とともに前方に止まった。どうなるのだろう。土田は恐怖感に襲われた。撃たれたらおしまいである。自動小銃を持った四人の米兵が、ジープからおりてきた。

土田は観念した。これでこの世ともお別れかと体が震えた。

土田は手を上げた。米兵が近づいてくる。四人は土田のポケットを調べた。なにもない。米兵は手を下ろしてよいと合図した。

米兵は道路脇の改造銃を見つけ、懐中電灯で照らし、ヒューッと口笛をふいた。驚きの口笛だった。

それからジープに乗せられた。もうすぐ通る草むらにガソリン置き場がある。いまごろ戦友たちはガソリンを取っているころだ。見られたら大変だ。

「スピード、スピードっ」

と土田が叫んだ。

着いた場所は元海軍司令部だった。

当直将校らしい者が目をこすりながら出てきた。なにやら一声叫んだ。それから建物のなかに連れて行かれた。靴を脱がされ、バンドも取り外した。それから莚《むしろ》をしいてある小部屋に閉じ込められた。

金網の向こうに机がおいてあり、米兵が三人ほどいた。

アンガウルに飛ぶ

そこに日本人が現われた。

「私は米軍通訳の熊井泰一二曹です」

という。

「ほかの人はどうしましたか」

熊井二曹は最初にそういった。

「何をいっているのですか、誰も日本が負けたとは思っていない。私は脱走して出てきたん

米軍に投降した土田喜代一二等兵曹(中央)。土田の右は澄川道男少将、左は通訳の熊井泰一二等兵曹。昭和22年4月12日の撮影

です」

「そうですか。参謀長がおられるので、ご案内します」

熊井二曹がいった。案内された部屋に日本の軍人がいた。

「澄川参謀長です」

熊井二曹は白髪の男性を紹介した。

「姓名は」

「土田といいます」

「おれは澄川海軍少将だ」

髪は白い。どうも米軍に見える。

「あなたは本当に日本人、澄川少将ですか」

「おれは間違いなく元第四艦隊参謀長澄川道男だ」

どう聞いても立派な日本語だ。

「この写真を見ろ」

トラック島で作戦を練っている写真である。参謀を示す金房《きんぷさ》の勇姿だ。澄川は戦犯としてグアムに勾留中だった。海軍兵学校四十五期、空母「大鳳」の艤装委員長を務めた人物である。

「これもそうだ」

パラオから内地に引き揚げている船内での写真である。しかし、まだ完全に納得はできない。ゴミ捨て場でいろいろな写真を見てきた。東條英機が米軍の軍医の診察を受けている写真もあった。

「ううん」

土田はうなった。澄川は英語で米軍の兵士となにか喋っている。

「そうだ、アンガウル島に行ってみろ。日本人が米国人に混じって燐鉱石を掘っている。そこに行けば分かる」

澄川がいった。翌朝、戦闘機に搭乗、アンガウルに飛んだ。

飛んだというよりは、ほんの一瞬、飛行機に乗ったという感じだった。

高島という日本人の責任者が応対してくれた。

「どんなご用件ですか」

「年はいくつ」

と聞いてきた。「二十七歳」と答えると、「二十歳ぐらいにしか見えない」といった。

「ここ、ペリリュー、ジャパニーズ東京」

と若い兵士が紙に書いてくれた。東京に帰れるという意味のようだ。

土田は初めて安堵した。

「よかった。自分の判断に間違いはなかった」

終戦確認に米軍機でアンガウル島に飛ぶ土田喜代一

と大きく息を吸った。しかし日本が負けたとは思いたくなかった。

「私は土田といいます。海軍二等兵曹です。日本は本当に負けたのでしょうか」

「はあ？」

高島はキョトンとした顔で土田を見つめた。この人は何者なんだ、どこから来たのだ。

高島は判断がつかなかつた。

「ペリリュー島には、終戦を知らずにまだ戦っている者がいます、私もその一人でした。三十四人が生きています」

そういうと、高島は信じられぬといった表情で、土田を凝視した。

「あの小さな島でですか。本当ですか」

といって、もう一度、しげしげと見つめ色々話してくれた。

「どうです、納得されましたか」

「はい、ようやく分かりました」

土田はうなずいた。すぐにも日本に帰りたかった。しかし大仕事が残っている。ペリリュー に残っている兵士たちをどう説得するかである。

かくてペリリュー島残存兵の救出作戦が始まった。

グアムに緊急電報

土田はすぐにペリリュー島に戻った。澄川元少将も一緒である。

「どうすれば、皆が出てくるか、それが問題だ。お前の思うようにやってくれ」

澄川がいった。そういわれても名案は浮かばない。皆は土田は裏切ったと探しまわっているに違いない。

「日本が負けて降伏したと知ったならば、突撃する可能性も多分にあります」

土田がいうと、

「なんだって」

と米軍の将校は仰天した。万一、そのような事態が起これば、日米間の大問題になる。

「日本人は何をやらかすか分からない」

グアムの米軍首脳が五百人の兵をペリリューに緊急輸送し、不測の事態に備えることにした。

もはや非常事態である。飛行場周辺に米兵が配置された。

もし突撃となれば全員、射殺される運命にある。

なんとしてもこれを食い止めなければならない。土田は責任の重さで身が震えた。

翌日、グアムから来たケニー中佐を中心に作戦会議が開かれた。

土田はマングローブの湿地帯に潜んでいるグループに呼び掛けることにした。ここの住人は六人、穏健な人が多い。

これを説得できれば、ほかのグループも耳を傾けるだろう。

「よし、やってみよう」

澄川がいった。

土田は不安だった。なにせ、戦後二年半も頑張ってきた強兵たちである。

そう簡単に信じるはずはない。特にリーダーの館軍曹は軍人精神の固まりのような人である。

「そこを頭に入れておいてください」

と土田がいつた。

翌日から湿地の方向にマイクを向けて放送が始まった。二日たっても応答がない。どこかに消えてしまったのか、米兵が山頂に登り広角望遠鏡で覗くと人影があった。無視されたのだ。四日目はいっそう念入りに放送した。それでもなしのつぶてである。

「水戸の二連隊は、出てくる勇気がないのか。館軍曹、一体、どうしたんだ」

澄川少将がマイクで怒鳴った。

これは困った事態になった。土田がかんでいると皆に教えたようなものだ。

「これでは絶対、動きません。もう動かないでしょう」

土田は澄川に文句をいった。

「そうだな、悪かった。つい腹が立ってな」

澄川がいった。しかし腹が立つのも無理からぬことだった。

さてどうするか、はやくも暗礁に乗り上げた。

土田は五、六人の住所と氏名を知っていた。

「それだ、それだ」

澄川が叫んだ。

「親兄弟に至急、連絡をとり、終戦につながる証拠を取り寄せよう。それを見せて説得しよう」

澄川はすぐに内地向けの定期便にその旨の要請書を乗せ、厚生省や福岡県に送った。

待つのはすごく長かった。

米軍の失費も大変だった。五百人の兵がグアムから来ているのだ。土田は大いに恐縮した。二週間ほど過ぎたころ、待望の書類が届いた。家族の写真と手紙、前上官の命令書である。ここで大隊長を務めた由良少佐の手紙には次のようにあった。

山口少尉、今日までかくも頑張ってくれた。厚く、厚く、礼を述べる。日本は二十年八月十五日に無条件降伏に至った。現在、おれは農業をやっている。ここに断固として命令する。武器を捨てて直ちに米軍に降伏せよ。

由良少佐

そのほか、家族の手紙が何通かあった。これが決め手になった。

澄川は山口県の出身である。まず九州出身の人がこれに応じ、結局、全員が米軍に投降した。

土田は皆から大いに感謝された。澄川元参謀は度胸のある人だった。説得のために洞窟に単身で入った。

山口永少尉や飯島上等兵はいざというときは、突撃せんと完全武装で待ち構えていた。二人とも家族の写真を見て、体を震わせた。

二週間後、全員、アンガウル島から横浜に帰る船に便乗、昭和二十二年五月十五日、横浜港に着いた。港には第十四師団参謀だった中川元廉大佐が出迎えた。

涙、涙の再会であり、そしてそれぞれの別れであった。

三十四人は三年に一回、東京で会ったが、年々他界し、もう集まりは行なわれなくなった。

「すべてが夢のようだった」

土田は九州の筑紫市の自宅で語った。

海ゆかば

この項の最後に、ペリリュー島からの生還者でつくる「三十四会」の代表を務めた第六中隊小隊長山口永少尉の報告を紹介する。

兵器は小銃が錆びて使用できなくなったので、米軍のカービン銃の銃身を半分に切り、銃床をとりかえて木製の握把をとりつけ、拳銃式に使用した。食糧は欠乏後、陸カニなどを主食とし、向島付近の米軍糧食集積所に出撃し、約三ヵ年分を獲得貯蔵した。

私製日めくりを作り、クリスマスイブを十二月二十五日に合わせたが、米軍に帰順したとき、二日の誤差があった。各隊間の連絡日時は主として旧暦を用い、満月などで確認した。

約一年は夜間行動に限定したため、まったく日光に浴さなかったが、健康にはなんら支障はなく、各人は自動車のスプリングで作った蕃刀《ばんとう》、拳銃、手榴弾二個を必携し、戦闘行動を継続した。

手榴弾一発は自決用とした。

洞窟内の灯火は米軍から獲得したガソリンランプを、炊事にはトーチカランプを使用した。

潜伏地域に富山西方湿地帯を選定したのは、地形を熟知していたからである。

余暇には将棋、碁、トランプ、花札などを娯楽とした。

終戦２年後、ペリリュー島で米軍に投降した日本兵

被服はボロボロになったので、はじめは天幕を切り、釘で穴をあけ、糸を通して縫い合わせ、靴はゴム底とシートを針金で止め、ズック靴にして使用、後半期は米軍洗濯工場の被服を獲得して利用した。

米軍の『ライフ』誌などに終戦に関する記事が載っていたようだったが、英語を解する者がいなかったので、確認できなかった。

また戦闘間、重傷者は死の直前、家族の名前を呼ぶと聞いていたが、一度もそのようなことはなく、ある上等兵が片手をもぎ取られ、苦しさのあまり殺してくれるよう戦友に頼み、銃殺してやることに決まったとき、彼は大きな声で、「海ゆかば」を歌い、終わる寸前に昇天した。（前掲『戦史叢書中部太平洋陸軍作戦』所収）

これは公式の証言である。

細部を見れば、異なる部分もあったが、団結と生きる知恵があったからこそ、孤独に耐えたのだろう。それにしても不安に満ちた二年間だったであろう。

土田は帰国後、壕内での生活の知恵を箇条書きにまとめた。

壕内生活の知恵

1 敵の水管（ボイラー缶）を便器に利用、夜、海岸に捨てに行く。
2 薬瓶にガソリンを入れ、芯をつるしてランプにする。
3 敵の瓶を割って一番切れるところを選んでひげを剃る。
4 ゴムにシートを縫いつけ、地下足袋にヒントを得て靴を作る。
5 食糧担ぎの紐は敵機銃の弾帯を利用する。
6 花札を娯楽品として作る。
7 将棋の駒を本物そっくりに製作する。
8 自動車のスプリングで日本刀を作る。
9 缶詰切りを作る。
10 飛行機の計器を壊してレンズをとり火薬粉で発火させる。

遺骨収集のためペリリュー島を再訪した土田喜代一
（2004年９月14日）

11　小型手動通信機をまわし火薬粉で発火させる。

12　敵のカービン銃を短く改造し、片手で撃てるようにする。

13　缶詰の巻棒を細く削り、少々、穴は大きいが針を作る。

14　赤蟹の爪で煙草のパイプを作る。

15　ネズミ取り器を作る。

16　魚の捕獲に弓とウケを作る。

17　トーチカランプを盗み、料理用に使用する。

18　ガソリン盗りは上部と下部に帯剣で穴を開け、取り出す。

19　起重機より一揃いの道具を盗み、いろいろの工作用道具に使う。

20　夕顔の葉っぱを鉄かぶとで潮もみしてオシンコを作る。

21　鶏卵の乾燥粉で卵焼きを作り、主食とする。

22　ベーコンを煮込んでビスケットをまぜてパン汁を作る。

23　神棚を作り武運長久と記入、十二月八日は宮城に向かい遥拝。

なるほど、これは得難い教えだった。ただこれを見ると、あくまでも米軍が頼りであり、自然のなかで生きる知恵とは異なっていた。

これはペリリューの特殊事情といえる。

第10章　倉田洋二の戦後

パラオに移住

一方、アンガウル玉砕戦で生き残った倉田洋二は、負傷していたこともあって戦後すぐに帰国することができた。

船が東京湾に入ったとき、富士山の美しさに感動した。

米国時代の倉田洋二

もう涙が止まらず号泣した。

米国の扱いには感謝、感謝だった。

多民族国家なので極端な偏見もなく、アメリカ人はとてもおおらかだった。

東京世田谷の連隊に行って生還届を出した。本郷区役所から自分の遺骨を取りに来いと連絡があった。とんでもない、自分は生きていると断った。

倉田は海洋生物の専門家である。

昭和二十一年（一九四六）から二年間、資源科学研究所で海産爬虫類の勉強をし直した。さらに農林省の水産講習所、現在の東京海洋大学で貝類増殖学を勉強した。

それを終えて東京都水産試験場に入り、東京湾や伊豆諸島、小笠原諸島の海洋生物、魚介類、ウミガメなどの研究に当たった。

結婚もして子供も生まれた。

なんと幸せなことかと、日々、思った。

しかし、いつも倉田の脳裏をかすめるのがアンガウルとペリリュー島で命を落とした戦友のことだった。

「倉田ッ、顔を見せろ」

戦友が何人も夢のなかに現われた。

「水、水をくれッ」

という悲痛な声もあった。

倉田が再びパラオに出かけたのは、昭和四十八年（一九七三）である。

二十九年ぶりのパラオだった。短期間のエコツアーだったが、パラオの自然は昔となに一つ変わってはいなかった。

パラオはアメリカを施政権者とする国連信託統治地域となり、教育はアメリカのシステムになっていたが、アメリカを知る倉田に違和感はなかった。

アンガウル、ペリリュー島にも出かけ、戦友たちの霊に焼香した。

そのときも涙が止まらず、地面にひれ伏して泣き続けた。

「おう、おう、おう」

倉田は号泣した。地べたをかきむしって泣いた。

遺骨収集団が何組か来て、一部の洞窟から遺骨を運び出したが、多くは放置されたままだった。なんとかしなければならないと改めて考えた。しかしタイミングはまだ熟していなかった。海洋生物の保護、育成の仕事が山のようにあった。

国際ウミガメ会議の日本代表としてワシントンに出かけたり、沖縄諸島のウミガメ増殖の指導などで東奔西走の日々が続き、多忙を極め、昭和六十年（一九八五）からは沖縄、ミクロネシア諸島、パラオ、インドネシア、タイ、シンガポール、フィリピンなどのウミガメとワニの資源増殖調査や、指導に当たった。

この間、フィリピンのワニ増殖研究所の設立に協力したり、パラオ・ヤップ島の野生生物の観察指導を行なうなど五十代は南太平洋での暮らしが長かった。

潜水艇「はくよう」でパラオの深海調査も行なった。そのたびに、

「なんとかしてくれ」

と倉田の耳に、二つの島に放置されたままの戦友たちの声が聞こえてきた。洞窟で一緒だった木下兵長、高木上等兵、中山二等兵のことは、一日も忘れることはなかった。三人の声はしょっちゅう耳元をかすめた。

「やはりパラオで暮らそう」

平成八年（一九九六）、倉田は思い切ってパラオに移住した。七十歳になっていた。娘と孫も一緒だった。

パラオはもちろんのこと、ミッドウェー島の自然保護、ヤップ島の民俗調査、ワニの人工孵化、戦没者の慰霊と多忙極まりなく、ＮＰＯの活動としてアンガウル島に「ビジネスセンター」も作った。

その間、時間を見つけては二つの島をくまなく回り、洞窟を調べた。日本から遺骨収集団も来るようになり、いつも同行して案内した。

鎮魂の日々

平成十七年（二〇〇五）には、昭和十九年に米軍機によって撃沈された旧日本海軍の特務艦「石廊《いろう》」（一万五千四百トン）の遺骨調査に加わった。

倉田は「石廊」の撃沈を目撃していた。

「石廊」はコロールから南西に約三キロ、小島に囲まれた場所の海底三十メートルに沈んでいた。船尾付近は爆撃の残骸と一メートル近い土砂の堆積があり、倉田は酸素ボンベを背負い、海に潜ったが、遺骨は見つからなかった。

「国のために死んだ者の遺骨を、国は見捨てている。残された時間は少ない」

倉田は海中慰霊も行なった。

このとき、「石廊」から奇跡的に生還した石川富松三等機関兵、八十六歳も加わった。

「石廊」には百五十人あまりの水兵と八十七人の帰還兵が乗艦していた。

「石廊」は艦隊特務艦で、ラバウル、ボルネオ、サイパン、フィリピンなど南洋各地で、補給や輸送に従事していた。

この間、何度か米軍の爆撃に遭った。これを修理するためにパラオに入港し、工作艦「明石」の隣に停泊していて、爆撃を受けた。

石川はそのとき、機関室で作業をしており、大爆発の瞬間、飛ばされ意識を失った。気がつくと、機関室は真っ暗だった。手探りで階段を探して甲板に出た。救命筏を下ろし、縄梯子で筏に乗り移った。この小島は垂直にそそり立った崖がそびえ、とても上がれない。結局、六、七人で付近の海を漂流した。

空襲はまだ続いており、何度も銃撃された。米軍の攻撃は執拗だった。

そこから逃れてようやく一番外側の島にたどり着いた。そこに通りかかった焼津のカツオ船に救助された。

「石廊」はその後、何日か燃え続け、一ヵ月後に海底に没した。

残念ながら遺骨は見つからなかった。

倉田は時間の許す限り、パラオの島や海を歩き続けている。

ウルクダブル島で日本軍の戦闘機「彗星」の残骸も見つけ、乗っていた永本大尉と白石搭乗員の遺骨を収容したのも倉田だった。

「この戦争をどう思いますか」

と、まっすぐに聞いてみた。

「無駄な戦争だった」

倉田はぽつりといった。

「死んだ戦友に申し訳ない」

ともいった。

「あの岩山の冷たい地下水のなかに眠っている戦友には本当に申し訳ない」

倉田はもう一度、戦友のことを口にした。

太平洋戦争はなんであったのか。

日本国家が犯した数々の誤りが太平洋の島々に、明白な形で残っていた。

この戦争は聖戦にはほど遠いものであり、日本人の貧困な発想がもたらした悲劇的な戦争だった。弾薬も食糧もない。それでいて戦えという当時の戦争指導者には、許しがたい感情を倉田は抱いていた。

「アンガウル島で日本は戦前、五百五十万トンの燐鉱石を掘り、戦後も百五十万トンを掘った。日本の食糧の増産にどれほど役立ったか。それなのに戦争を起こし、アンガウルの人々にとっては踏んだり蹴ったりだったと思う。いつもすまないと思ってきた」

倉田はそういい、目をうるませた。

鎮魂の島に住む倉田は、いま人生で最も幸せな日々を過ごしている。

多くの戦友が眠るここパラオの海を日々見つめ、その英霊に祈りを捧げることができるからだ。

「ここの土になるまで、頑張りますよ」

倉田は空を見上げていった。

倉田がいったことは、とても重大なことだった。

太平洋戦争で戦死した陸海軍の軍人は約二百四十万人だった。

その七割は餓死だった。このことからしても日本には戦争をする資格がそもそもなかったのだ。食糧の補給がないままに戦いを強要されたのだった。

「こんなことがまかりとおった。飯を食わせず、弾もよこさず戦えですよ。死んだ戦友がかわいそうで、かわいそうでならない」

餓死のことになると倉田は暗い顔になった。涙がいまにも落ちそうな顔になった。

戦死者たちは遺骨も収集されず、見捨てられてきたのだ。

「私はここを離れるわけには、いかない」

倉田はきっぱりといった。

兵士たちの心情

一般の兵士は、家族を思い、家族の防波堤になればという思いで、敵陣に突っ込んだ。その観点からいえば、天皇も近衛文麿、東條など戦争指導者は、兵士を裏切り、国民を裏切った。

米軍はペリリュー島や硫黄島や沖縄で戦った日本軍兵士の軍人魂に敬意を抱いた。部隊長自ら突撃をして国のために殉じるという精神は、欧米には希薄なものだった。しかし、精神力だけでは戦えるわけもなかった。

弾丸がなければ撃てないし、飯がなければ、体は動かなかった。

「飯が食えて弾があれば、そこそこ戦えた」

倉田がいった言葉も重いものがあった。

アンガウルやペリリューの戦争は、硫黄島や沖縄での戦争に比べれば、地味で従来、あまり話題にはならなかった。

唯一の例外が、戦史家児島襄が『天皇の島』を著したことである。

児島がワシントンの海兵隊本部の取材に出向いたとき、一人の士官が顔をゆがめ、「戦後、本官は熱烈な親日家になった。ペリリュー島の戦いを思えば、二度と日本人とは戦いたくはないからだ」

そういって絶句したとある。

ペリリュー島の日本軍トーチカ跡

昭和三十九年（一九六四）児島も島を訪ねているが、そのときはジャングルが密生し、海岸には上陸用舟艇の残骸が散在し、平地には破壊された日本軍戦車、米軍装甲艇がころがっていた。洞窟内には銃器、装備はむろんのこと、遺骨が無残に乱れ、踏み込む足をすくませたという。それから四十年、倉田らの努力で、遺骨の収集も進み、無残な乱れはなくなったが、その痕跡はまだ十分にあった。

児島は資料をもとに戦争を分析し、太平洋戦争を描き続けたが、その本の最後の言葉は印象的だった。

「戦場は、理非を超えた非情の場である。ペリリュー島守備隊一万人は、ただおのれの務めの一念に燃えて戦った。その勇戦は、すぐれた指揮官と精兵の戦いの典型を示すものとして、戦史に特記され、永く誇りをもって記憶されるであろう」とまとめていた。これにひとつ加えるとすれば、隣のアンガウル島である。倉田が戦った玉砕の島である。

双方あわせ、ここの戦場で戦った兵士たちは、まさしく歴史に名を残す者たちだった。

検証・戦争責任

平成十八年、読売新聞社は『検証戦争責任』（中央公論新社）を発刊した。

あの戦争とは一体なんであったのか。

だれがいつ、どのように判断を誤ったのか。

満州事変が日中戦争に拡大したのはなぜか。

勝算なき対米開戦をなぜしたのか。玉砕、特攻を生み出したものは何か。

原爆投下は避けられなかったのか。

東京裁判で残された問題は何か。

これらの諸点をテーマ別に分析、検証、総括する、というものだった。

「昭和戦争は、国際感覚を失い、政治の責任を忘れたリーダーの手で始まり、そして終わった。その最たる人物こそ東條英機元首相であった。同じく国家運営を誤り、重い責任を負うべき政治・軍事指導者は、近衛文麿元首相ら十指にあまる」

と文中にあった。日本のマスコミとしては異例の検証だった。

十指にあまる人物は、紙面から察するに広田弘毅首相、小磯國昭首相、鈴木貫太郎首相、松岡洋右外相、杉山元陸相、永野修身軍令部総長、島田繁太郎海相、阿南惟幾陸相、梅津美治郎参謀総長ら、ほとんど首脳部全員に及んでいた。

日本国の首相、大臣の過半数が世界の潮流を読み誤り、偏った情報をもとに、無謀な戦争に国民を引きずり込んだと糾弾した。

これに調達したスクープもあった。

松岡洋右の書簡である。

日独伊三国同盟を推進した松岡洋右が、真珠湾攻撃の二日後、言論界の長老徳富蘇峰に送った書簡が、神奈川県二宮町の徳富蘇峰記念館の資料のなかから見つかったという記事である。

書簡は便箋十四枚に鉛筆で書かれたもので、書簡には、「恐らく世界戦史特に海戦史上空前のこと」と真珠湾攻撃を絶賛し、「ル大統領、色を失ふと伝ふ、左《さ》もありなん」とあった。ルはルーズベルトである。

また「実に痛快、壮快！」ともあった。

この書簡の欄外には「極秘御読後御焼棄請ふ」ともあった。

従来、松岡は三国同盟締結を悔やみ、開戦の日に訪れた元外交官に「三国同盟は最大の誤算、責任を痛感している」と涙ながらに語ったとされていたが、二日後には、このように浮かれていた。

松岡は山口県の瀬戸内海に面した廻船問屋に生まれたが、家業が倒産、アメリカに渡り苦学してオレゴン大学を卒業した立志伝中の人物である。

アメリカを十分に知っていたが、アメリカでは下男並のつらい日々を過ごし、アメリカに対する復讐の気持ちがあったという見方もある。

その個人的な感情と外交官としての見識は、また別のはずだった。

三国同盟は失敗だったといって流した涙と、真珠湾攻撃快哉の叫び、どちらが本心だったのか。焼却処分を頼んだところに、揺れ動く松岡の本心が隠されていた。

日本の外交には、したたかさがなく、列強に狙われやすい未熟さがあった。

輝かしい明治といわれた日本が、なぜ転落したのか。

近代国家のなりたちと欠陥、軍部と政治との関連、国家と国民の関係など多方面から、いま改めて、問わなければならない。

これは従来避けてきたタブーに鋭く切り込んだ見事なキャンペーンだった。

東京裁判は日本が行なった戦争裁判ではない。したがって日本人は、過去の太平洋戦争を総括する機会がないままに六十年が過ぎていた。

私が今回取材し、最も強く感じたことは人命の軽視だった。

その象徴が玉砕と特攻だった。弾丸もない食糧もない戦場で兵士を戦わせ、玉砕という呼び方で美化された戦争のやりかただった。

特攻など絶対にあってはならない戦法だった。

そこまでいったら戦争はすでに惨敗であり、一日も早い停戦に向けて交渉を開始すべきであった。

ミッドウェーで敗れ、ガダルカナルで敗退し、サイパンにて玉砕した時点で、もう勝敗は決まっており、日本政府や国会は死を賭して動き出すべきであった。

戦後の世代

今回の取材は、倉田洋二のほかにも何人かに取材し、初めて執筆が可能になった。

取材旅行は一週間もなかったので、十分な取材は困難だった。パラオにもう一度出かけるわけにもいかない。そのとき、協力してくれたのがパラオ在住のツアーコンダクター松永壽代さんである。

松永さんに会ったとき、

「会津のことを書かれているでしょう」

といったので、

「どうしてですか」

と驚いた。

「父は鹿児島ですが、母は会津若松の出身なので」

と彼女がいった。

私はつくづく世のなかは狭いと思った。

会津若松の女性が鹿児島、戊辰戦争時の敵方、薩摩の男性と結婚した例は、実は結構多い。たとえば会津藩家老の孫娘山川捨松は、薩摩の大山巌と結婚した。捨松はわが国最初の女性の国費留学生である。津田塾を開いた津田梅子らとアメリカで勉強した。

「ご両親はどこで、どうして知り合ったのですか」

「それが大阪の万博で知り合い、神戸で所帯をもち、そこで私は生まれました」

と松永さんはいった。

彼女はスポーツ万能で、武庫川女子大では陸上競技の選手で、そのころからスキューバダイビング、ヨット、スキーとなんでもこなした。

母の実家、会津若松にもよく出かけ、会津の歴史も勉強したが、いつか海外にあこがれるようになり、ニュージーランド、ニューカレドニアと歩き、パラオでコンダクターをしていた。

松永さんにメールを送ると、すぐ倉田のオフィスに飛んで行き、取材をして送ってくれた。

松永さんは職業柄、何度か外国人から太平洋戦争について聞いていた。

大学二年のとき、ニュージーランドを旅して、とある教会に入った。司祭が第二次大戦のことを話した。日本はニュージーランドの敵国であり、多くのニュージーランド人を殺した。日本人には、ひどい目に遭わされたと語った。

そのときはあまり英語ができなかったので、それ以上のことは分からなかったが、本当にそうかという疑問を感じた。

彼女が初めて零戦を見たのも、ニュージーランドの博物館でだった。ガイドのマオリ人が「これは日本の戦闘機だ」といった。あまり戦争のことは知らなかったので「そうなの」という感じだった。世界を驚かせた戦闘機であることを知ったのは、しばらく後のことだった。

彼女が初めてハワイに行ったのは、それから数年後の平成九年（一九九七）である。真珠湾ツアーに参加してあちこち回ったが、アメリカ人だけが被害者という説明があった。一方的に日本を悪くいうのである。

それなら広島、長崎に原爆を落としたアメリカの責任はないのか。松永さんはそう思った。

帰国して広島の原爆ドームに行き、勉強した。

倉田洋二への取材を通じて松永さんは、数々の疑問を持った。

「戦争を防ぐ道はなかったのか」

という疑問が最初だった。

松永さんも戦争を知らない世代である。しかし海外で日本だけが責められることに、どうもしっくりしない思いもあった。

「戦争をしむけられた面もあるね」

私はメールを打った。

アメリカは巧妙に日本を戦争に追い込んだという説はアメリカにもあった。

巧妙な罠

米軍にA・C・ウェデマイヤーという高級参謀がいた。

ウェスト・ポイント陸軍士官学校から陸軍大学校を卒業、連合軍東南アジア副司令官、中国戦線米軍総司令官兼蔣介石付参謀長を歴任した人物である。

蔣介石の戦略に最も精通した人物だった。

「日本の真珠湾攻撃は、アメリカによって計画的に挑発されたものであるという事実は、真珠湾の惨敗と、それにひきつづきフィリピンを失陥したことにより、おおいかくされてしまった」

と語った。つまり日本が大勝利をおさめた結果、アメリカは自分が仕掛けたことを隠蔽し、すべて日本のせいにしたというのである。

ウェデマイヤーの著作『第二次大戦に勝者なし』は講談社学術文庫に収録されている。アメリカの大統領ルーズベルトは昭和十五年（一九四〇）に行なわれた大統領選挙で、いかなる戦争にも参加しないと表明した。第二次世界大戦が始まったとき、アメリカは中立の態度だった。

ドイツを叩くにはアメリカの軍事力が必要である。イギリスのチャーチルは、いかにしてアメリカを戦争の場に引きずり出すか、策を練っていた。

また日本海軍の脅威を除くために、東南アジアと南太平洋方面に米海軍を出動させる必要があった。

そのためにはどうすればいいか。

日本に戦争を起こさせることだと、チャーチルは考えた。

そうなればアメリカは兵を出さざるを得なくなる。チャーチルは葉巻をくゆらせながら、策を練った。

というのであった。

その落とし穴にはまった日本の判断が、悪かったことはもちろんである。

また泥沼の日中戦争を起こした関東軍を始めとする軍部の責任も重大だった。

日本の最大の誤りは日中戦争にあったと思われる。すべてはそこに始まっていた。

一体、この太平洋戦争の責任はどうなるのか。

そしてどうなったのかも重要な問題だった。

東京裁判がかならずしも正当なものではないことは今日、明白な事実である。

東京裁判は連合国によって行なわれた極東国際軍事裁判であり、日本人が関与していないという点で、今日の視点でいえば、まことに不可解な裁判だった。

起訴されたのはいわゆるA級と呼ばれる戦争責任者で、マッカーサーによって任命された米、英、仏、オランダ、ソ連、中国などから選ばれた十一人の判事によって、二年間にわたり審理が重ねられた。

日本人の手による自主的裁判はできなかったのか。

アメリカの焼夷弾による日本本土の無差別爆撃、そして広島、長崎への原爆の投下、これも犯罪ではないのか。

日ソ中立条約を無視して広島への原爆投下後に満州に攻め込んだソ連の破廉恥な行為は、許されるのか。天皇の責任はどのようにして回避されたのかなど、考えなければならない問題は多々あった。

原爆とソ連の参戦は、どうしても納得しにくいことであった。

ただ保科善四郎のメモにもあるように、終戦の聖断を発したのは昭和天皇であった。

これは大変、重いことであった。

「これからもっと勉強します。今回はいい機会に恵まれました」

という言葉が松永さんのメールにあった。

こうしてこの本はできあがった。

今後も太平洋戦争にかかわっていきたいと思っている。

最近、ハワイ攻撃とミッドウェー海戦の指揮を執った南雲機動部隊の南雲忠一中将の伝記を書く機会があった。南雲機動部隊は、ミッドウェー海戦で惨敗し、以後、日本海軍は立ち直ることができなかった。

戦後七十年、安全保障政策も大転換をとげ、日本を取り巻く環境は大きく変わった。集団的自衛権も行使が認められた。しかし、太平洋戦争の大失敗を二度と犯してはならない。これは声を大にして叫びたい。

あとがき

戦後七十年に当たる平成二十七年四月九日、天皇・皇后両陛下は太平洋戦争の舞台となったパラオを訪問され、激戦地のペリリュー島で慰霊碑に花を供えて戦没者の霊を慰められた。両陛下はペリリュー島の最南端にある日本政府が建てた「西太平洋戦没者の碑」に到着され、パラオでの戦争で生き残った倉田洋二さん、土田喜代一さんや元日本兵の犠牲者の遺族の見守る中、慰霊碑の供花台に日本から持参した白い菊の花を供え、深く一礼をされた。このあとアンガウル島に向けても、静かに頭を下げられた。これは画期的なことだった。ペリリュー島、アンガウル島を取材し、この本を書いた私にとっても感無量の出来事だった。

この本の文中の人名はすべて敬称を省略して書いた。しかしあとがきは、倉田さん、土田さんとした。その方がより親しみがます感じがした。

私は倉田洋二さんには三度、お会いした。

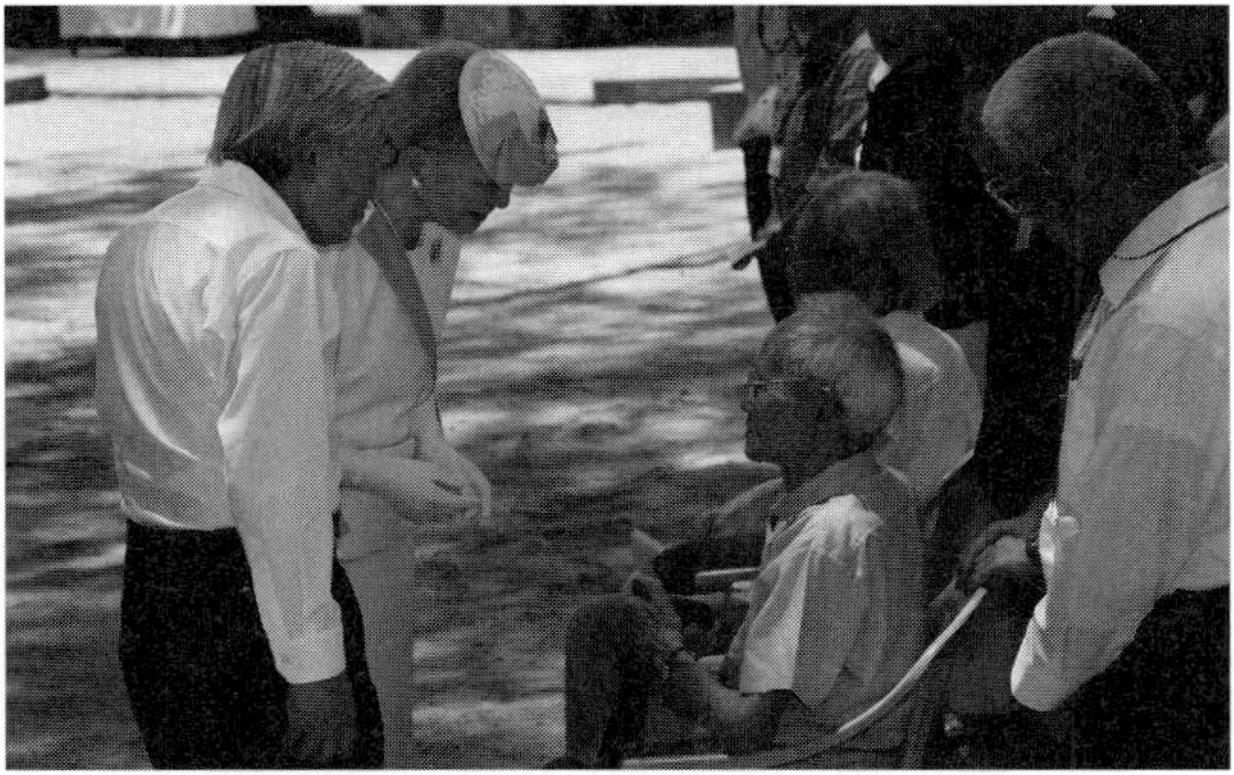

平成27年4月9日、ペリリュー島「西太平洋戦没者の碑」前で天皇・皇后両陛下を迎えた土田喜代一さん（手前）と倉田洋二さん（奥）〔毎日新聞社〕

ペリリュー島から奇跡的に生還され、九州の筑後市に住む土田喜代一さんにも、自宅にお邪魔して、詳しく話を聞いた。倉田さんと同じようにすこぶるお元気で、よどみなくペリリューの戦争を語った。

一男二女の住まいも近所にあり、孫に囲まれた幸せな日々である。

「自分の親ながら、面白い人だと思います」

娘さんがいった。

確かにポンポンとぎれなく話が進む。今年八十八歳とはとても思えない若々しさがある。足腰も強そうで、トントンと階段を上がる。

戦場では敵機の見張り役だったので、目は抜群にいい。肉眼で六十キロ向こうの敵機を見つけたこともあった。地元の八女《やめ》工業学校で旋盤を習い、佐世保海軍工廠の旋盤工だったのでメカに詳しかった。

「米軍と戦争してみて、これはだめだとすぐに分かりました。物量が違う。向こうは便器まで戦場に持ち込んできた。機械はかならずしも精密ではなかったが、おびただしい量の武器がどんどん陸揚げされた」

日本軍の小銃と米軍の小銃を丹念に比較して「ううん」とうなったという。

こちらは単発、米軍は連発銃、基本的に違っていた。

「どうして、こういう国と戦争になったのか」

いつも疑問を感じていた。

土田さんは戦場でも確かな目をもっていた。それが奇跡の生還につながったのだろう。

「戦争についてどう考えますか」

と聞いてみた。

「これはなくならないでしょう。地球のどこかで戦争や紛争があります」

土田さんは、「戦争は絶対、反対です」とか「平和が大事です」というようなことではなく、現実論を語ってくれた。

強く印象に残ったのは、総合的な判断力だった。

古参兵は「日本は負けるはずはない。必ず友軍が救出にきてくれる」といったが、土田さんは、米軍兵士の動きから戦争終結を察知した。そして命をかけて具体的な行動に出た。

こうして三十四人の命が救われた。

土田さんも遺骨収集で何度もパラオに出かけ、倉田さんと一緒に島内を歩いた。

「倉田さんはたいしたものです。お元気そうで何よりです」

倉田さんへのエールも忘れなかった。

二人並んでいる写真もお借りした。

土田さんとお別れするとき、ご家族の全員集合の写真を撮った。

皆さんニコニコしていた。家族に乾杯といった感じの幸せな土田一家だった。


私も倉田さんと一緒にコロール島とペリリュー島を歩いたが、いたるところに戦争の痕跡があり、無造作に放置されている戦車に、のぼることもできた。

洞窟にも入り、西海岸のトーチカものぞいた。

ペリリュー島の西には日本軍の司令部の跡があった。

鉄筋コンクリートでできており、天井には大きな穴が開いていた。

一トン爆弾の直撃を受けたということだった。

日本軍の高射砲や軽戦車、零戦の胴体部分も点在していた。

米軍のシャーマン戦車も横転していた。

地雷に触れたのだ。戦車の底に大きな穴が開いていた。

中川大佐の自決の場所にも行った。

洞窟のなかは狭く、とても快適な場所とはいえなかった。

激戦があったオレンジビーチは、なにごともなかったように静かだった。

ここであの死闘があったなど想像もつかない美しい風景だった。

戦前までパラオ諸島の人々の暮らしは、大酋長をいただく多くの独立した地域に分かれていた。母系社会で、母親が生活の中心だった。

ここに移住し、パラオの民俗調査を行なった土方久功という人がいる。明治の元勲、土方久元の息子である。

東京美術学校の彫塑科を出て、昭和四年から十年間、ここに住み、パラオの伝説や神話、社会制度、宗教、芸術などを広範囲に調べた。

土方の調査によると、パラオの人々は、伝統的な宇宙観を持っていた。

天は鍋を伏せたようになっていて、その下に星や月、太陽があり、その下に雲がある。

島の周囲を海が取り巻いている。

陸は海の底に深く根をおろしており、それが地下界に続いている。

天と島、陸、人間界との中空には上界がある。

この上界はそれぞれの下なる地界とそっくり同じものと考えられている。

鍋を伏せたような天と、どこまでも広がっている海とぶつかるところ、空の果ては天の根元であり、水平線である。人間が死ぬと、その魂はそこに行くのだが、そこには一つの橋があって、この橋を渡って上界に入るというような神話だった。

神話を信じ、戦争とは無縁の人々が、太平洋戦争に巻き込まれることになる。

平和の島を二度と戦争でけがしてはならない。

倉田さんの思いはこの一点にある。

中央・土田喜代一、その右・倉田洋二

倉田さんは年一回、腰痛や歯の治療のために日本に帰ってくる。

「日本でないと治療が難しいので」

といった。

東京で病院に行き、保養はもっぱら伊東温泉だった。

宿の女将は北海道生まれの人で、城ヶ島海岸で旅館を経営していた。伊東の海にはダイビングポイントがあり、女将もときおり潜るということだった。

パラオにも出かけて潜った。本格的である。

「倉田さんはよく泣きますねえ」

と女将がいった。戦争の話になると、涙が止まらなくなるという。

「私だけがこうして生きている、うまいものを食べている、そう思うと、申し訳ない気持ちになりましてね」

倉田さんがいつた。

パラオで会った倉田洋二という元日本軍兵士は、しゃんとしていたが、日本に帰り、伊東温泉に来ると、気がゆるむのかもしれなかった。

倉田さんは記憶をよみがえらせ、いくつものメモをつくってくれた。

それがかなりの量になり、今回、すべてをこの本に収録することはできなかった。

倉田さん自身、パラオのガイドブックを編纂する計画を持っており、収録できなかったものは、そこに入れるとのことだった。

ともあれ過酷な戦争だった。

なお文中に使用した写真の大半は、私が撮影したものである。ペリリュー島の戦闘の写真は、「ペリリュー第二次世界大戦記念博物館」の現地の管理者ウィリー・スマウさんから掲載許可をいただいたものである。「これはみな、私が集めたものです。お使い下さい」とサインしてくれた。「ありがとうございます」私はスマウさんと記念写真を撮った。

最後にパラオの旅に同行してくれた郡山ノモンハン会の薄井喜徳会長、佐竹伸一事務局長、現地の旅をセットされたロックアイランドツアーカンパニーのパラオ事務所の菊池正雄支配人にも大変お世話になった。

またペリリュー島で戦った水戸歩兵第二連隊の関係者で組織する「水戸歩二会・ペリリュ

ー島慰霊会」の影山幸雄事務局長から資料や写真を提供していただいた。

土田さんの取材に同行していただいた福岡県小郡市の林洋海さんにも厚く御礼申し上げる。倉田さん、土田さんには、いつまでもお元気で活躍されることを祈念し、深く謝意を表したい。また出版にあたり、河出書房新社編集部の西口徹氏に大変、お世話になった。

文体の構成、写真の選択などでもご指導をいただいた。今回、潮書房光人社の坂梨誠司編集部長のお世話で同社の文庫に収録させていただいた。深く感謝申し上げる。

平成二十七年秋

星　亮一

太平洋戦争の年表

昭和十六年（一九四一）
十二月八日、ハワイ真珠湾攻撃

昭和十七年（一九四二）
一月二日、マニラ占領
六月五日、ミッドウェー海戦で敗北

昭和十八年（一九四三）
二月一日、ガダルカナル島撤退開始
四月十八日、山本五十六、ブーゲンビル上空で戦死

昭和十九年（一九四四）
二月十七日、トラック島空襲
三月八日、インパール作戦開始
三月三十一日、海軍乙事件
六月十五日、アメリカ軍サイパン島上陸
六月十九日、マリアナ沖海戦
七月七日、サイパン玉砕
七月二十一日、アメリカ軍グアム上陸、八月十日玉砕
七月二十四日、アメリカ軍テニアン上陸、八月三日玉砕
九月十五日、アメリカ軍ペリリュー島上陸

九月十七日、アンガウル島上陸
十月十二日、台湾沖航空戦
十月二十日、アメリカ軍レイテ島（フィリピン）上陸
十月二十四日、レイテ沖海戦

昭和二十年（一九四五）

三月十七日、硫黄島玉砕
四月一日、沖縄戦開始
八月六日、アメリカ軍広島に原爆投下
八月八日、ソ連、対日宣戦布告、中国東北地区に進出
八月九日、アメリカ軍長崎に原爆投下
八月十四日、ポツダム宣言を受諾
八月十五日、昭和天皇、終戦の詔勅放送

参考文献

『戦史叢書中部太平洋陸軍作戦〈2〉ペリリュー・アンガウル・硫黄島』
『戦史叢書ハワイ作戦』
『戦史叢書ミッドウェー海戦』
『戦史叢書大本営海軍部・連合艦隊』
『戦史叢書南太平洋陸軍作戦、ポートモレスビー・ガ島初期作戦』（以上、防衛庁戦史室編、朝雲新聞社）
『終戦を信じず二年半抗戦を続けた生存兵の手記――太平洋パラオ諸島ペリリュー島の玉砕』（土田喜代一、自家本）一九九二
『玉砕島ペリリュー徹底抗戦の果てに』（飯島栄一、『丸』別冊・太平洋戦争証言シリーズ6、玉砕の島々、一九八七年七月一五日）
『太平洋戦争写真史・PALAU　FIGHTING徹底抗戦』（平塚柾緒編、月刊沖縄社）一九八一
『ニミッツの太平洋海戦史』（C・W・ニミッツ、E・B・ポッター、実松譲、冨永謙吾訳、

恒文社）一九九二
『アメリカ海兵隊の太平洋上陸作戦』（河津幸英、アリアドネ企画）二〇〇三
『完本・太平洋戦争』（文春文庫）一九九五
『大東亜戦史・太平洋編』（富士書苑）一九七四
『英霊の絶叫――玉砕島アンガウル戦記』（船坂弘、光人社NF文庫）一九九六
『ペリリュー島玉砕戦――南海の小島七十日の血戦』（船坂弘、光人社NF文庫）二〇〇〇
『天皇の島』（児島襄、講談社）一九六七
『悲劇の珊瑚礁』（ジョージ・P・ハント、西村健二訳、筑波書林・ふるさと文庫）一九八八
『東條英機』（東條英機刊行会、上法快男編、芙蓉書房）一九七四
『大東亜戦争秘史』（保科善四郎、原書房）一九七五
『暗闘　スターリン、トルーマンと日本降伏』（長谷川毅、中央公論新社）二〇〇六
『検証栗林中将　衝撃の最期』（梯久美子、『文藝春秋』二〇〇七年二月号）
なお関係文献一覧が水戸市柵町１-５-１「水戸歩二会・ペリリュー島慰霊会事務局」にある。

単行本　二〇〇八年六月　河出書房新社刊

NF文庫

アンガウル、ペリリュー戦記

二〇一五年十一月十三日　印刷
二〇一五年十一月十九日　発行

著　者　星　亮一
発行者　高城直一

発行所　株式会社　潮書房光人社
〒102-0073　東京都千代田区九段北一-九-十一
振替／〇〇一七〇-六-五四六九三
電話／〇三-三二六五-一八六四(代)
印刷所　モリモト印刷株式会社
製本所　東　京　美　術　紙　工
定価はカバーに表示してあります
乱丁・落丁のものはお取りかえ
致します。本文は中性紙を使用

ISBN978-4-7698-2917-1　C0195
http://www.kojinsha.co.jp

NF文庫

刊行のことば

第二次世界大戦の戦火が熄《や》んで五〇年——その間、小社は夥しい数の戦争の記録を渉猟し、発掘し、常に公正なる立場を貫いて書誌とし、大方の絶讃を博して今日に及ぶが、その源は、散華された世代への熱き思い入れであり、同時に、その記録を誌して平和の礎とし、後世に伝えんとするにある。

小社の出版物は、戦記、伝記、文学、エッセイ、写真集、その他、すでに一、〇〇〇点を越え、加えて戦後五〇年になんなんとするを契機として、「光人社NF（ノンフィクション）文庫」を創刊して、読者諸賢の熱烈要望におこたえする次第である。人生のバイブルとして、心弱きときの活性の糧《かて》として、散華の世代からの感動の肉声に、あなたもぜひ、耳を傾けて下さい。